U0934016

镜子

刘慈欣 等◎著

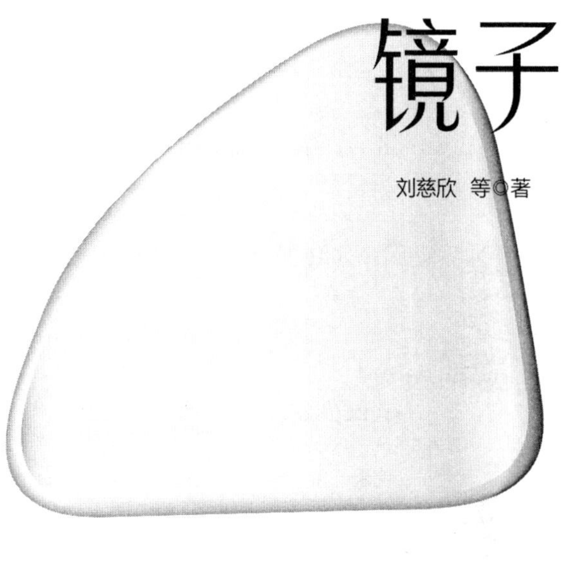

北方联合出版传媒(集团)股份有限公司
万卷出版有限责任公司

图书在版编目（CIP）数据

镜子 / 刘慈欣等著 . -- 沈阳 : 万卷出版有限责任公司 , 2022.7

ISBN 978-7-5470-5959-3

Ⅰ . ①镜… Ⅱ . ①刘… Ⅲ . ①幻想小说—小说集—中国—当代 Ⅳ . ① I247.7

中国版本图书馆 CIP 数据核字 (2022) 第 061896 号

出 品 人：王维良
出版发行：北方联合出版传媒（集团）股份有限公司
万卷出版有限责任公司
（地址：沈阳市和平区十一纬路 29 号　邮编：110003）
印 刷 者：北京欣睿虹彩印刷有限公司
经 销 者：全国新华书店
幅面尺寸：145mm × 210mm
字　　数：240 千字
印　　张：8.625
出版时间：2022 年 7 月第 1 版
印刷时间：2022 年 7 月第 1 次印刷
责任编辑：王　越
责任校对：张　莹
装帧设计：平　平
ISBN 978-7-5470-5959-3
定　　价：48.00 元
联系电话：024-23284090
传　　真：024-23284448

镜子 / 刘慈欣

水至清则无鱼

随着探索的深入，人们发现量子效应只是物质之海表面的涟漪，是物质更深层规律扰动的影子。当这些规律渐渐明朗时，在量子力学中飘忽不定的实在图像再次稳定下来，确定值重新代替了概率。在新的宇宙模型中，那些人们认为已经消失了的因果链再次浮现并清晰起来。

一　追捕

宽大的办公桌旁有两个人。

“我知道首长很忙，但这事必须汇报，说真的，我从来没遇到过这种事。”桌前一位身着二级警监警服的人说。他年近五十，但身姿挺拔，脸部线条硬朗。

“继峰啊，我清楚你最后这句话的分量，三十年的老刑侦了。”首长说。他说话的时候看着手中缓缓转动的红蓝铅笔，仿佛在专心评价削出的笔尖形状。

大多数时候他都是这样将自己的目光隐藏起来，在过去的岁月中，陈继峰能记起的首长直视自己的次数不超过三次，每一次都是自己一生的关键时刻。

“每次采取行动之前目标总能逃脱，他肯定预先知道。”

“这事，你不会没遇到过吧？”

“当然，要只是这个倒没什么，我们首先能想到的就是内部问题。”

“你手下的这套班子，不太可能。”

“是不可能。按您的吩咐，这个案子的参与范围已经压缩到最小，组里只有四个人，真正知道全部情况的只有两个。不过，我还是怕万一，就计划召开一次会议，对参加人员逐个盘查。我让沈兵召集会议，您认识的，十一处很可靠的那个，宋诚的事就是他办的……但这时，邪门的事出现了……您，可别以为我是在胡扯，我下面说的绝对是真的。”陈继峰笑了笑，好像对自己的辩解很不好意思似的，“就在这时，他来了电话，我们追捕的目标给我来了电话！我在手机里听到他说：你们不用开这个会，你们没有内奸。而这个时刻，距我向沈兵说出开会的打算不到三十秒！”

首长手中的铅笔停止了转动。

“您可能想到了窃听，但不可能，我们的谈话地点是随意选的，在一个机关礼堂中央，礼堂里正在排演国庆大合唱，说话得凑到耳根儿。后来这样的怪事接连发生，他给我们来过八次电话，每次都谈到我们刚刚说过的话或做过的事。最可怕的是，他不仅能听到一切，还能看到一切！有一次，沈兵决定对他的父母家进行搜查，组里的两个人刚起身，还没走出局办公室呢，就接到他的电话，他说：‘你们搜查证拿错了，我的父母都是细心人，可能以为你们是骗子呢。’沈兵掏出搜查证一看，首长，他真的拿错了。”

首长轻轻地将铅笔放在桌上，沉默着等陈继峰继续说下去，但后者好像已经说不出什么了。首长拿出一支烟，陈继峰忙拍拍衣袋找打火机，但没有找到。

桌上两部电话中的一部响了。

“是他……”陈继峰扫了一眼来电显示后低声说。首长沉着地示意了一下，按下免提键，立刻有话音响起——声音听上去很年轻，有一种疲惫无力感：

“您的打火机在公文包里。”

陈继峰和首长对视了一下，拿起桌上的公文包翻找起来，一时没找到。

“夹在一份文件中了，就是那份关于城市户籍制度改革的文件。”目标在电话中说。

陈继峰拿出那份文件，“啪”的一声，打火机掉到了桌面上。

“好东西，法国都彭牌的，两面各镶有三十颗钻石，整体用钯金制成，价格……我查查，是39960元。”

首长没动，陈继峰却打量了一下办公室，这不是首长的办公室，而是事先在大办公楼里任意选的一间。

目标在继续显示着自己的能力:“首长，您那盒中华烟还剩五根，您上衣袋中的降血脂麦非奇罗片只剩一片了，再让秘书拿些吧。”

陈继峰从桌上拿起烟盒，首长则从衣袋中掏出药的包装盒，都证实了目标所说准确无误。

“你们别再追捕我了，我现在也很难，不知道该怎么办。”目标继续说。

“我们能见面谈谈吗？”首长问。

“请您相信，那对我们双方都是一场灾难。”对方说完，电话就挂断了。

陈继峰松了一口气，现在他的话得到了证实，而让首长认为他在胡扯，比这个对手的诡异更令他不安，“见了鬼了……”他摇摇头说。

“我不相信鬼，但看到了危险。”首长说。有生以来第四次，陈继峰看到那双眼睛直视着自己。

二　犯人和被追捕者

近郊市第二看守所。

宋诚在押解下走进这间已有六个犯人的监室，这里面大部分人都是待审期较长的犯人。宋诚面对着一双双冷眼，看守人员出去后刚关上门，一个瘦小的家伙就站起来走到他面前。

“板油！”他冲宋诚喊，看到后者迷惑的样子，他解释道，“这儿按规矩分成大油、二油、三油……板油，你就是最板的那个。喂，别以为是爷们儿欺负你来得晚，”他用大拇指向后指了指斜靠在墙根儿的一个满脸胡子的人，“鲍哥刚来三天，已经是大油了。像你这种烂货，虽然以前官儿不小，但现在是最板的！”他转向那人，恭敬地问，“鲍哥，怎么接待？”

“立体声。”那人懒洋洋地说。

几个躺着的犯人呼啦一下站了起来，抓住宋诚，将他头朝下地倒提起来，悬在马桶的上方，慢慢下降，使他的脑袋大部分伸进了马桶里。

“唱歌儿！”瘦猴命令道，“这就是立体声，就来一首同志歌曲，《左右手》什么的！”

宋诚不唱，那几个人一松手，他的脑袋完全扎进了马桶中。

宋诚挣扎着将头从恶臭的马桶中抽出来，紧接着大口呕吐起来，他现在知道，诬陷者给予他的这个角色，在犯人中都是最受鄙视的。

突然，周围兴高采烈的犯人们一下散开，飞快地闪回到自己的铺位上。门开了，刚才那名看守警察又走了进来，他厌恶地看着蹲在马桶前的宋诚说：“到水龙头那儿把脑袋冲冲，有人来探视你。”

宋诚冲完头后，跟着看守来到了一间宽大的办公室，探视者正在那里等着他。来人很年轻，面容清瘦，头发纷乱，戴着一副宽边眼镜，拎着一只很大的手提箱。宋诚冷冷地坐下来，没有看来人一眼。被获准在这个时候探视他，而且不去有玻璃隔断的探视室，直接到这里面对面交谈，宋诚已基本猜出了来人是哪一方面的。但对方的第一句话让他吃惊地抬起头，大感意外。

“我叫白冰，气象模拟中心的工程师，他们在到处追捕我，和你一样的原因。”来人说。

宋诚看了来人一眼，觉得他此时的说话方式有问题：这种话应该是低声说出的，而他的声音正常，好像他所谈的事根本不用避人。

白冰似乎看出了他的疑惑，说：“两小时前我给首长打了电话，他约我谈谈，我没答应。然后他们就跟踪上了我，一直跟到看守所前，之所以没有抓我，是对我们的会面很好奇，想知道我要对你说些什么，现在，我们的谈话都在被窃听。”

宋诚将目光从白冰身上移开，又看着天花板。他很难相信这人，同时对这事也不感兴趣，即使他在法律上能侥幸免于一死，在精神上的死刑却已经执行，他的心已死了，此时不可能再对什么感兴趣了。

“我知道事情的全部真相。”白冰说。

宋诚的嘴角隐现一丝冷笑，没人知道真相，除了他们，但他懒得说出来了。

“你是七年前到省纪委工作的，提拔到这个位置还不足一年。”

宋诚仍沉默着，他很恼火，白冰的话又将他拉回到他好不容易躲开的回忆中。

三 大案

自从21世纪初Z市政府首先以一批副处级岗位招聘博士以来，很多城市都效仿这种做法，后来这种招聘上升到一些省份的省政府一级，而且不限毕业年限，招聘的职位也更高。这种做法确实向外界显示了招聘者的大度和远见。招聘者确实深谋远虑，他们清楚地知道，这些只会谋事不会谋人的年轻高知没有任何从政经验，一旦进入陌生险恶的政界，就会陷在极其复杂的官场迷宫中不知所措，根本不可能立足，这样到最后在职缺上不会有什么损失，产生的政绩效益却是可观的。就是这个机会，使当时已是法学教授的宋诚离开平静的校园和书斋投身政界。与他一同来的那几位不到一年就全军覆没，垂头丧气地离去，唯一的收获就是对现实的幻灭。但宋诚是个例外，他不但在政界待了下来，而且走得很好。这应归功于两个人，其一是他的大学同学吕文明，本科毕业那年宋诚考研时，吕文明则考上了公务员，依靠优越的家庭背景和自己的奋斗，十多年后成为国内最年轻的省纪委书记。是他力劝宋诚弃学从政的，这位单纯的学者刚来时，吕文明不是手把手——而是手把脚地教他走路，每一步踏在哪儿都细心指点，终于使宋诚绕过只凭自己绝对看不出来的一处处雷区，一路向上地走到今天。他要感谢的另一个人就是首长……想到这里，宋诚的心抽搐了一下。

“得承认，这一切都是你自己的选择，不能说人家没给你退路。”白冰说。

宋诚点点头，是的，人家给退路了，而且是一条康庄大道。

白冰接着说：“首长和你在几个月前有过一次会面，你一定记得很清楚。那是在远郊阳河边的一幢别墅里，首长一般是不在那里接见外人的。你一下车就发现他在门口迎接，这是很高的礼遇了。他热情地同你握手，并拉着你的手走进客厅。别墅客厅布置给你的第一印象一定是简单和简朴，但你错了：那套看上去有些旧的红木家具价值百万；墙上唯一一幅不起眼的字画更陈旧，细看还有虫蛀的痕迹，那是明朝吴彬的《岩壑奇姿》，从香港佳士得拍卖行以800万港币购得；还有首长亲自给你泡的那杯茶，那是中国星级茶王赛评出的五星级茶王，500克的价格是90万元。”

宋诚确实想起了白冰说的那杯茶，碧绿的茶水晶莹透明，几根精致的茶叶在这小小的清纯空间里缓缓漂行，仿佛一首古筝奏出的悠扬仙乐……他甚至回忆起自己当时的随感：要是外面的世界也这么纯净该多好啊。宋诚意识中那层麻木的帷帐一下子被掀去了，模糊的意识又聚焦起来，他瞪大震惊的双眼盯着白冰。

他怎么知道这些？这件事处于秘密之井的最底端，是隐秘中的隐秘，这个世界上知道的人加上我自己不超过四个！

“你是谁？！”他第一次开口了。

白冰笑笑说：“我刚才自我介绍过，只是个普通人，但坦率地告诉你，我不仅仅是知道得很多，而且我什么都知道，或者说什么都能知道，正因为这个他们也要除掉我，就像除掉你一样。”

白冰接着讲下去：“首长当时坐得离你很近，一只手放在你的膝盖上，他看着你的慈祥目光能令任何一个晚辈感动，据我所知（记住，我什么都知道），他从未与谁表现得这样亲近，他对你说：‘年轻人，不要紧张，大家都是同志，有什么事情，只要真诚地以心换心，总是谈得开的……你有思想、有能力、有责任感和使命感，特别是后两项，在现在的年轻干部里面真如沙漠中的清泉一样珍贵啊，这也是我看重你的原因，从你身上，我看到了自己年轻时的影子啊。’这里要说明一下，首长的这番话可能是真诚的，以前在工作中你与他交往的机会不是太多，但有好几次，在机关大楼的走廊上偶然相遇，或在散会后，他都主动与你攀谈几句，他很少与下级，特别是年轻的下级这样，这些人们都看在眼里。虽然在组织会议上他从没有为你说过什么话，但他的那些姿态对你的仕途是起了很大作用的。”

宋诚又点点头，他知道这些，并曾经感激万分，一直想找机会报答。

“首长抬手向后示意了一下，立刻进来一个人，将一大摞文件材料轻轻地放到桌子上，你一定注意到，那个人不是首长平时的秘书。首长抚着那摞材料说：‘就说你刚刚完成的这项工作吧，充分证明你的那些宝贵素质：如此巨量而艰难的调查取证，数据充分而翔实，结论深刻，很难相信这些只用半年时间就完成了。你这样出类拔萃的纪检干部要多一些，真是党的事业之大幸啊……’你当时的感觉，我就不用说了吧？”

当然不用说，那是宋诚一生中最惊恐的时刻，那份材料先是令他如触电似的颤抖了一下，然后就像石化般僵住了。

“这一切都是从对一宗中纪委委托调查的非法审批国有土地案的调查开始的。嗯……我记得你童年的时候，曾与两个小伙伴一起到一个溶洞探险，当地人把它叫老君洞，那洞口只有半米高，弯着腰才能进去，但里面却是一个宏伟的黑暗大厅，手电光照不到高高的穹顶，只有纷飞的蝙蝠不断掠过光柱，每一个小小的响动都能激起悠远的回声，阴森的寒气侵入你的骨髓……这就是那次调查的生动写照：你沿着那条看似平常的线索向前走，它把你引到的地方令你越来越不敢相信自己的眼睛。随着调查的深入，一张全省范围的腐败网络展现在你的面前，这张网上的每一条经络都通向一个地方，一个人。现在，这份本来要上报中纪委的绝密纪检材料，竟拿在这个人的手中！对这项调查，你设想过各种最坏的情况，但眼前发生的事却是你万万没有想到的。你当时完全乱了方寸，结结巴巴地问：‘这……这怎么到了您手里？’首长从容地一笑，又轻轻抬手示意了一下，你立刻得到了答案：纪委书记吕文明走进了客厅。

“你站起身，怒视着吕文明说：‘你……你怎么能这样？你怎么能这样违反组织原则和纪律？’

“吕文明挥手打断你，用同样的愤怒质问道：‘这件事为什么不向我打个招呼？’你回答说：‘你到中央党校学习的一年期间，是我主持纪委工作，当然不能打招呼，这是组织纪律！’吕文明伤心地摇摇头，好像要难过得流出泪似的：‘如果不是我及时截下了这份材料，那……那是什么后果呀！宋诚啊，你这个人最要命的缺陷就是总要分出个黑和白，但现实全是灰色的！’”

宋诚长长地叹息了一声，他记得当时呆呆地看着老同学，不相信这话是从他嘴里说出的，因为以前他从未表露过这样的思想，难道那一次次深夜的促膝长谈中表现出的对党内腐败的痛恨，那一次次触动雷区时面对上下左右压力时的坚定不移，那一次次彻夜工作后面对朝阳流露出的对党和国家前途充满使命感的忧虑，都是伪装？

“不能说吕文明以前欺骗了你，只能说他的心灵还从来没有向你敞开到那么深，他就像那道著名的人称火焙阿拉斯加的菜，那道爆炒冰激凌，其中的火热和冰冷都是真实的……首长没有看吕文明，而是猛拍了一下桌子，说：‘什么灰色？文明啊，我就看不惯你这一点！宋诚做得非常优秀，无可指责，在这点上他比你强！’接着他转向你说：‘小宋啊，就应该这样，一个人，特别是年轻人，失去了信念和使命感，就完了，我看不起那样的人。’”

宋诚当时感触最深的是：虽然他和吕文明同岁，但首长只称他为年轻人，而且反复强调，其含义很明显：跟我斗，你还是个孩子。而宋诚现在也不得不承认这一点。

“首长接着说：‘但，年轻人，我们也应该成熟起来。举个例子来说，你这份材料中关于恒宇电解铝基地的问题，确实存在，而且比你已调查出来的还严重，因为除了国内，还涉及外资方勾结政府官员的严重违法行为。一旦处理，外资肯定撤走，这个国内最大的电解铝企业就会瘫痪。为恒宇提供氧化铝原料的桐山铝钒土矿也要陷入困境；然后是橙林核电厂，由于前几年电力紧张时期建设口子放得太大，现在国内电力严重过剩，这座新建核电厂发出的电主要供电解铝基地使用，恒宇一倒，橙林核电厂也将面临破产；接下来，为橙林核电提供浓缩铀的照西口化工厂也将陷入困境……这些，将使近700亿的国家投资无法收回，三四万人失业，这些企业就在省城近郊，这个中心城市必将立刻陷入不稳定之中……上面说的恒宇的问题还只是这个案件的一小部分，这庞大的案子涉及正省级1人、副省级3人、厅局级215人、处级614人，再往下不计其数。省内近一半经营出色的大型企业和最有希望的投资建设项目都被划到了圈子里，盖子一旦揭开，这就意味着全省政治经济的全面瘫痪！而涉及面如此之广的巨大动作，会产生什么其他更可怕的后果还不得而知，也无法预测，省里好不容易得到的政治稳定和经济良性增长的局面将荡然无存，这难道对党和国家就有利？年轻人，你现在不能延续法学家的思维，只要法律正义得到伸张，哪管它洪水滔天！这是不负责任的。平衡，历史都是在各种因素间建立的某种平衡中发展到今天的，不顾平衡一味走极端，在政治上是极其幼稚的表现。’

“首长沉默后，吕文明接着说：‘这个事情，中纪委那方面我去办；你，关键要做好专案组那几个干部的工作。下星期我会中断党校学习，回来协助你……’

“‘混账！’首长再次猛拍桌子，把吕文明吓得一抖，‘你是怎么理解我的话的？你竟认为我是让小宋放弃原则和责任！文明啊，这么多年了，你从心里讲，我是这么一个没有党性、没有原则的人吗？你什么时候变得这么圆滑？真让人伤心啊！’然后首长转向你：‘年轻人，在这件事上，你们前面的工作做得十分出色，一定要顶住干扰和压力坚持下去，让腐败分子得到应有的惩罚！案情触目惊心啊，放过他们，无法向人民交代，天理也不容！我刚才讲的你决不能当成负担，我只是以一个老党员的身份提醒你，要慎重，避免出现不可预测的严重后果，但有一点十分明确，那就是这个腐败大案必须一查到底！’首长说着，拿出了一张纸，郑重地递给你：‘这个范围，你看够吗？’”

宋诚当时知道，他们也设下了祭坛，要往上放牺牲品了。他看了一眼那个名单，够了，真的够了，无论从级别上还是从人数上，都真的够了。这将是一个震惊全国的腐败大案，而他宋诚，将随着这个案件的最终告破而成为国家级反腐英雄，将作为正义和良知的化身而被人民敬仰。但他心里清楚，这只是蜥蜴在危急时刻自断的一条尾巴，蜥蜴跑了，尾巴很快还会长出来。他当时看着首长盯着自己的样子，一时间真想到了蜥蜴，浑身一颤。但宋诚也知道他害怕了，自己使他害怕了，这让宋诚感到自豪，正是这自豪，一时间使他大大高估了自己的力量，更由于一个理想主义者血液中固有的某种东西，他做出了致命的选择。

“你站起身来，伸出双手拿起了那摞材料，对首长说：‘根据党内监督条例规定，纪委有权对同级党委的领导人进行监督，按组织纪律，这材料不能放在您这里，我拿走了。’吕文明想拦你，但首长轻轻制止了他，你走到门口时听到老同学在后面阴沉地说：‘宋诚，过分了。’首长一直送你到车上，临别时，握着你的手缓缓地说：‘年轻人，慢走。’”

宋诚后来才真正理解这句话的深长意味：慢走，你的路不多了。

四　宇宙大爆炸

“你到底是谁？！”宋诚充满惊恐地看着白冰，他怎么知道这么多？绝对没人能知道这么多！

“好了，我们不回忆那些事了。”白冰一挥手中断了讲述，“我说说事情的来龙去脉吧，以解开你的疑问——你……你知道宇宙大爆炸吗？”

宋诚呆呆地看着白冰，他的大脑一时还难以理解白冰最后那句话。后来，他终于做出了一般人的正常反应，笑了笑。

“是的是的，我知道太突兀了，但请相信我没有毛病，要想把事情讲清楚，真的得从宇宙诞生的大爆炸讲起！这……怎么才能向你说清楚呢？还是回到大爆炸吧。你可能多少知道一些，我们的宇宙诞生于200亿年前的一次大爆炸，在一般人的想象中，那次创世爆炸像漆黑空间中一团怒放的焰火，但这个图像是完全错误的：大爆炸之前什么都没有，包括时间和空间，都没有，只有一个奇点，一个没有大小的点。这个奇点急剧扩张开来，形成了我们今天的宇宙，现在一切的一切，包括我们自己，都来自这个奇点的扩张，它是万物的种子！这理论很深，我也搞不太清楚，与我们这事有关的是这一点：随着物理学的进步，随着弦论之类的超级理论的出现，物理学家们渐渐搞清了那个奇点的结构，并且给出了它的数学模型，与这之前量子力学的模型不同，如果奇点爆炸前的基本参数确定，所生成的宇宙中的一切也就都确定了，一条永不中断的因果链贯穿了宇宙中的一切过程……嗨，真是，这些怎么讲得清呢？”

白冰看到宋诚摇摇头，那意思或是听不懂，或是根本不想听下去。

白冰说：“我说，还是暂时不要想你那些痛苦的经历吧。其实，我的命运比你好不到哪里去。刚才介绍过，我是一个普通人，但现在被追杀，下场可能比你还惨，就因为我什么都知道。如果说你是为使命和信念而献身，我……我纯粹是倒霉！倒了八辈子霉！所以比你更惨。”

宋诚悲哀的目光表达了一个明确的意思：没有人会比我惨。

五　诬陷

在与首长会面一个星期后，宋诚被捕了，罪名是故意杀人。

其实，宋诚知道他们会采用非常规手段对付自己，对于一个知道得这么多又在行动中的人，一般的行政和政治手段都不保险了，但他没有想到对手行动这样快，出手又这样狠。

死者罗罗是一个夜总会的舞男，死在宋诚的汽车里，车门锁着，从内部无法打开，车内扔着两罐打火机用的丙烷气，罐皮都被割开了口子，里面的气体全部挥发，受害人就是在车内高浓度丙烷气里中毒而死的。死者被发现时，手中握着已经破碎的手机，显然是想用它来砸破车窗玻璃。

警方提供的证据很充分，有长达两个小时的录像证明宋诚与罗罗已有三个多月的不正常交往，最为有力的证据是罗罗死前给110打的一个报警电话。

罗罗：“快！快来！我打不开车门！我喘不上气，我头疼……”

110：“你在哪里？把情况说清楚些！”

罗罗：“宋……宋诚要杀我……”

……

事后，在死者手机上发现一小段通话录音，里面是宋诚和受害人的几句对话：

宋诚："我们既然已走到了这一步，你就和许雪萍断了吧。"

罗罗："宋哥，这何必呢？我和许姐只是男女关系嘛，影响不了咱们的事，说不定还有帮助呢。"

宋诚："我心里觉得别扭，你别逼我采取行动。"

罗罗："宋哥，我有我的活法儿。"

……

这是十分专业的诬陷，其高明之处就在于，警方掌握的证据几乎百分之百是真实的。

宋诚确实与罗罗有长时间的交往，这种交往是秘密的，要说不正常也可以，那两段录音都不是伪造的，只是后面那段被曲解了。

宋诚认识罗罗是由于许雪萍的缘故，许是昌通集团的总裁，与腐败网络的许多节点都有着密切的经济关系，对其背景和内幕了解很深。宋诚当然不可能直接从她嘴里得到任何东西，但他发现了罗罗这个突破口。

罗罗向宋诚提供情况绝不是出于正义感，在他眼里，世界早就是一块擦屁股纸了，他是为了报复。

这个笼罩在工业烟尘中的内地城市，虽然人均收入排在全国同等城市的最后，却拥有多家国内最豪华的夜总会。首都的那些高干子弟，在京城多少要注意一些影响，不可能像民间富豪那样随意享乐，就在每个周末驱车沿高速公路疾驶四五个小时，来到这座城市消磨荒淫奢靡的两天一夜，在星期天晚上又驱车赶回北京。罗罗所在的蓝浪夜总会是最豪华的一家，这里点一首歌最低三千元，几千元一瓶的马爹利和轩尼诗一夜能卖出两三打。但蓝浪出名的真正原因并不在于此，而是因为它是一家只接待女客的夜总会。

与其他的同伴不同，罗罗并不在意其服务对象给的多少，而在意给的比例。如果是一个年收入仅二三十万的外资白领（在蓝浪，他们是罕见的穷人），给几百他也能收下。但许姐不同，她那几十亿的财富在过去的几年中威震江南，现在到北方来发展也势如破竹，但在交往几个月后，扔出四十万就把他打发了。让许姐看上不容易，要放到同伴们身上，用罗罗的话说他们要美得肝儿疼了。但罗罗不行，他对许雪萍充满了仇恨。那名高级纪检官员的到来让他看到了报复的希望，于是他施展自己这方面的能力，又和许姐联系上了。平时许雪萍对罗罗嘴也很严，但他们在一起喝多或吸多了时就不一样了。同时，罗罗是个很有心计的人，许多时候，他会选黎明前最黑暗的时候，从熟睡的许姐身边无声地爬起来，在她的随身公文包和抽屉里寻找自己和宋诚需要的东西，用数码相机拍下来。

警方手中那些证明宋诚和罗罗交往的录像，大都是在蓝浪的大舞厅拍的，往往首先拍的是舞台，上面一群妖艳的年轻男孩在疯狂地摇滚着，镜头移动，显示出那些服饰华贵的女客人，在幽暗中凑在一起，对着台上指指点点，不时发出暧昧的笑声。最后镜头总是落到宋诚和罗罗身上，他们往往坐在最后面的角落里，头凑在一起密谈着，显得很亲密。作为唯一的男客，宋诚自然显得很突出……宋诚实在没有办法，大多数时间他只能在蓝浪找到罗罗。舞厅的光线总是很暗，但这些录像十分清晰，显然使用了高级的微光镜头，这种设备不是一般人能拥有的。这么说，他们从一开始就注意到自己了，这令宋诚看到与对手相比自己是何等的不成熟。

这天，罗罗约宋诚通报最新的情况，宋诚在夜总会见到罗罗时，他一反常态，要到他的车里谈，谈完后，他说现在身体不舒服，不想上去了，上去后老板肯定要派事儿，想在宋诚的车里休息一会儿。宋诚以为他的毒瘾又来了，但也没有办法，只好将车开回机关，把车停在机关大楼外面，自己到办公室去处理一些白天没干完的工作，罗罗就待在车里。四十多分钟后他下来时，已经有人发现罗罗死在充满丙烷气味的车里。车门只有宋诚能从外面打开。后来，公安系统参与此案侦查的一位密友告诉宋诚，他的车门锁没有任何被破坏的痕迹，从其他方面也确实能够排除还有其他凶手的可能性。这样，人们理所当然地认为是宋诚杀了罗罗，而宋诚则知道只有一个可能：那两个丙烷罐是罗罗自己带进车里的。

这让宋诚彻底绝望了，他放弃了洗清自己的努力：如果一个人以自己的生命为武器来诬陷他，那他是绝对逃不掉的。

其实，罗罗的自杀并不让宋诚觉得意外，他的 HIV 化验呈阳性。但罗罗以一死来陷害自己，显然是受人指使的，那么罗罗得到了什么样的报酬？那些钱对他还有什么意义？他是为谁挣那些钱？也许报酬根本就不是钱，那是什么？除了报复许雪萍，还有什么更强烈的诱惑或恐惧能征服他吗？这些宋诚永远不可能知道了，但他由此进一步看到了对手的强大和自己的稚嫩。

这就是他为人所知的一生了：一个高级纪检干部，生活腐化变态，因同性恋情杀被捕，他以前在男女交往方面的洁身自好在人们眼里反倒成了证据之一……一只被人群踏死的臭虫，他的一切很快就将消失得干干净净，即使偶尔有人想起他，也不过是想起了一只臭虫。

现在宋诚知道，他以前之所以做好了为信念和使命牺牲的准备，是因为根本就不明白牺牲意味着什么。他曾想当然地把死作为一条底线，现在才发现，牺牲的残酷远在这条底线之下。在进行搜查时他被带回家一次，当时妻子和女儿都在家，他向女儿伸出手去，孩子厌恶地惊叫一声，缩到墙角，她们投向自己的那种目光他只见过一次。那是一天早晨，他发现放在衣柜下的捕鼠夹夹住了一只老鼠，他拿起夹子让她们看那只死鼠……

“好了，我们暂时把大爆炸和奇点这些抽象的东西放到一边，”白冰打断了宋诚痛苦的回忆，将那只大手提箱提到桌面上，“看看这个。”

六　超弦计算机、终极容量和镜像模拟

“这是一台超弦计算机，是我从气象模拟中心带出来的，你说偷出来的也行，我全凭它摆脱了追捕。”白冰拍着那只箱子说。

宋诚将目光移到箱子上，显得很迷惑。

“这是很贵的东西，目前在省里只有两台。根据超弦理论，物质的基本粒子不是点状物，而是无限细的一维弦，在十一维空间中振动。现在，我们可以操纵这根弦，沿其一维长度存储和处理信息，这就是超弦计算机的原理。传统的电子计算机中的一块 CPU，或一条内存，在超弦机中只是一个原子！超弦电路是基于粒子的十一维微观空间结构运行的，这种超空间微观矩阵，使人类拥有了几乎无限的运算和存储能力。将过去的巨型计算机同超弦机相比，就如我们的十根手指头同那台巨型机相比一般。超弦计算机具有终极容量，终极容量啊，就是说，它可以将已知宇宙中的每一个基本粒子的状态都存储起来并进行运算。就是说，如果是基于三维空间和一维时间，超弦机能够在原子级别上模拟整个宇宙……”

宋诚交替地看着箱子和白冰，与刚才不同，他似乎在很专注地听白冰的话，其实他是在努力寻找一种解脱，这个神秘人的这番不着边际的话，或许能将自己从那痛苦的回忆中解脱出来。

白冰说：“很抱歉，我说了这么多莫名其妙的话，大爆炸奇点超弦计算机什么的，与我们面对的现实好像八竿子打不着，但要

把事情解释清楚，就绕不开这些东西。下面谈谈我的专业吧：我是个软件工程师，主要搞模拟软件，也就是建立一个数学模型，在计算机里让它运行，模拟现实世界中的某种事物或过程。我是学数学的，所以建模和编程都搞，以前搞过沙尘暴模拟、黄土高原水土流失模拟、东北能源经济发展趋势模拟等，现在搞大范围天气模拟。我很喜欢这个工作，看着现实世界的某一部分在计算机内存中运动演化，真是一件很有意思的事。”

白冰看看宋诚，后者的双眼正一动不动地盯着他，似乎仍在注意听着，于是他接着说下去：“你知道，物理学在近年来连续地突破，很像上世纪初那阵儿，现在，只要给定边界条件，我们就可以拨开量子效应的迷雾，准确地预测单个或一群基本粒子的运动和演化。注意我说的一群，如果群里粒子的数量足够大，它就构成了一个宏观物体，也就是说，我们现在可以在原子级别上建立一个宏观物体的数学模型。这种模拟被称为镜像模拟，因为它能百分之百地准确再现模拟对象的宏观过程，如同为宏观模拟对象建立了一个数字镜像。打个比方吧：如果用镜像模拟方式为一个鸡蛋建立数学模型，也就是将组成鸡蛋的每一个原子的状态都输入模型的数据库。当这个模型在计算机中运行时，如果给出的边界条件合适，内存中的那个虚拟鸡蛋就会孵出小鸡来，而且那只内存中的虚拟小鸡，与现实中的那个鸡蛋孵出的小鸡一模一样，连每一根毛尖都不会差一丝一毫！你往下想，如果这个模拟目标比鸡蛋再大些呢？大到一棵树、一个人、很多人；大到一座城市、一个国家，甚至大到整个地球？”白冰说到这里激动起来，开始手舞足蹈，“我是一个狂想爱好者，热衷于在想象中把一切都推向终极，这就让我想到，如果镜像模拟的对象是整个宇宙会怎么样？！”白冰进入一种不能自已的亢奋中，“想想，整个宇宙！在一个计算机内存中运行的宇宙！从诞生到毁灭……”

白冰突然中断兴奋的讲述，警觉地站了起来，这时，门无声地开了，走进两个神色阴沉的男人，其中一位稍年长些的对着白冰抬抬双手，示意他照着做，白冰和宋诚都看到了他敞开的夹克中的手枪皮套，白冰顺从地举起双手，年轻的那位上前在他的身上十分仔细地上下轻拍了一遍，然后对年长者摇摇头，同时将那只大手提箱从桌上提开，放到离白冰远一些的地方。

年长者走到门口，对外面做了一个“请”的手势，又进来三个人，第一个人是市公安局局长陈继峰，第二个人是省纪委书记吕文明，最后进来的是首长。

年轻人拿出了一副手铐，但吕文明冲他摇了摇头，只见陈继峰将头向门的方向微微偏了一下，两个便衣警察走了出去，其中一人走前从办公桌桌腿上取下一个小东西放进衣袋，显然是窃听器。

七　初始条件

白冰脸上丝毫没有意外的表情，他淡淡一笑说：“你们终于抓到我了。”

“准确地说，是自投罗网，得承认，如果你真想逃，我们是很难抓到你的。”陈继峰说。

吕文明表情复杂地看了宋诚一眼，欲言又止。首长则缓缓地摇摇头，语气沉重地低声道：“宋诚啊，你，怎么堕落到这一步呢……”他双手撑着桌沿长久地默立着，眼睛有些湿润，谁看到都不会怀疑他的悲哀。

“首长，在这儿就不必演戏了吧。”白冰冷眼看着这一切说。

首长没有动。

“诬陷他是您策划的。”

“证据？”首长仍没有动，从容地问。

“那次会面后，关于宋诚您只说过一句话，是对他说的。”白冰指指陈继峰，“‘继峰啊，宋诚的事你当然知道意味着什么，还是认真办一办吧。’”

“这能证明什么？”

“从法律意义上当然证明不了什么，这是您的精明和老练之处，即使是密谈都深藏不露。但他，”白冰又指了指陈继峰，“却领会得很准确，他对您的意思一直领会得很准确，对宋诚的诬陷是他指使刚才那两个人中的一个具体干的，那人叫沈兵，是他手下最得力的人，整个过程可是一个复杂的大工程，我就不用细说了吧。”

首长缓缓转过身来，在办公桌边的一把椅子上坐下，两眼看着地板说:“年轻人，必须承认，你的突然出现有许多令人吃惊的地方，用陈局长的话说叫见鬼了。”他沉默了一会儿后，语气变得真诚起来，“亮出你的真实身份吧，如果你真是上级派来的，请相信，我们是会协助工作的。”

“不是，我多次声明自己是个普通人，身份就是你们已经查明的那样。”

首长点点头，看不出白冰的话是让他感到欣慰还是更加忧虑。

“坐，都坐吧。”首长对仍站着的吕、陈二人挥挥手，然后俯身靠近白冰，郑重地说，“年轻人，今天，我们把一切都彻底讲清楚，好吗？”

白冰点点头:“这也是我的打算。我，从头说起吧。”

“不，不用，你刚才对宋诚说的那些我们都听到了，就从中断处接着说吧。”

白冰语塞，一时想不起刚才说到哪儿了。

“在原子级别模拟整个宇宙。”首长提醒他，看到白冰仍然不知如何说起，他便自己接着说下去，“年轻人，我认为你这个想法是不可能实现的。不错，超弦计算机具有终极容量，为这种模拟运算提供了硬件基础，但，你想过初始状态的问题吗？对宇宙的镜像模拟必须从某个初始状态开始，也就是说，要在模拟开始时的某个时间断面上，将宇宙的全部原子的状态一个一个地输入计算机，以在原子级别上构建一个初始宇宙模型，这可能吗？别说是宇宙了，就是你说的那个鸡蛋都不可能，构成它的原子数比有史以来出现过的所有鸡蛋的数量都要高几个数量级，甚至构建一个细菌都不可能，它的原子数也是令人望而生畏的。退一步说，就算动用了难以想象的人力和物力，将细菌甚至鸡蛋这类小物体的初始状态从原子级别上输入计算机，那么它们运动和演化所需要的边界条件呢？比如鸡蛋孵出小鸡所需要的温度、湿度等，这些边界条件在原子级别上的数据量同样多得不可想象，甚至可能要多于模拟对象本身。”

“您能对技术问题进行如此描述，我很敬佩。”白冰由衷地说。

“首长是高能物理专业的高才生，是改革开放恢复学位后国内的第一批物理学硕士之一。”吕文明说。

白冰对吕文明点点头，又转向首长：“但您忘了，存在着那样一个时间断面，宇宙是十分简单的，甚至比鸡蛋和细菌都简单，比现实中最简单的东西都简单，因为它那时的原子数是零，没有大小，没有结构。”

“大爆炸奇点？”首长飞快地接上话，几乎没有空隙，他沉稳迟缓的外表下灵敏快捷的思维展露无遗。

“是的，大爆炸奇点。超弦理论已经建立了完善的奇点模型，我们只需要将这个模型用软件实现，输入计算机运算就可以了。”

“是这样，年轻人，真是这样。”首长站起身，走到白冰身边拍拍他的肩膀，露出了少有的兴奋神情，对刚才的那番对话不甚了了的陈继峰和吕文明则用迷惑的目光看着他。

“这是你从那个科研中心拿出来的超弦计算机吗？”首长指着

那只大手提箱问。

“偷出来的。”白冰说。

“呵，没关系，宇宙大爆炸的镜像模拟软件一定在里面吧？”

“是的。”

“做做看。”

八　创世游戏

白冰点点头，把箱子提到桌面上打开了它。除了显示设备外，箱子里还装着一个圆柱体容器，超弦计算机的主机其实只有一个烟盒大小，但原子电路需要在超低温下运行，所以主机浸在这个绝热容器里的液氮中。白冰将液晶显示器支起来，动了一下鼠标，处于休眠状态下的超弦计算机立刻苏醒，液晶屏亮起来，像睁开了惺忪的睡眼，显示出一个很简单的界面，仅由一个下拉文本框和一个小小的标题组成，标题是：请选择创世起爆参数。

白冰点了一下文本框旁边的箭头，下拉出一行行数据组，每组有十几个数据项，各行看上去差别很大。“奇点的性质由十八个参数确定，参数的组合原则上是无限的，但根据超弦理论的推断，能够产生创世爆炸的参数组的数量是有限的，但有多少组目前还是个谜。这里显示的是其中的一小部分，我们随便选一组吧。”

白冰选中一组参数后，屏幕立刻变成了乳白色，正中凸显了两个醒目的大按钮：引爆、取消。

白冰点击了引爆按钮，屏幕上只剩下一片乳白，“这白色象征虚无，这时没有空间，时间也还没有开始，什么都没有。”

屏幕的左下角出现了一个红色数字“0”。

“这个数字是宇宙演化的时间，0 的出现说明奇点已经生成，它没有大小，所以我们看不到。”

红色数字开始飞快增长。

“注意，宇宙大爆炸开始了。”

屏幕中央出现了一个蓝色的小点，很快增大为一个球体，发出耀眼的蓝光。球体急剧膨胀，很快占满了整个屏幕，软件将视野拉远，球体重新缩为遥远处的一点，但爆炸中的宇宙很快又充满了整个屏幕。这个过程重复着，频率很快，仿佛是一首宏伟乐曲的节拍。

“宇宙现在正处于暴胀阶段，它的膨胀速度远超过光速。”

随着球体膨胀速度的降低，视野拉开的频率渐渐慢下来。随着能量密度的降低，球体的颜色由蓝向黄红渐变，最后，宇宙的色彩在红色上固定下来，并渐渐变暗，屏幕上的视野不再拉远，变成黑色的球体在屏幕上缓慢地膨胀着。

“好，现在距大爆炸已经 100 亿年了，这个宇宙处于稳定的演化阶段，我们进去看看吧。”白冰说完动了动鼠标，球体迅速前移，屏幕完全黑了下来，“好，现在我们就在这个宇宙的太空中了。”

“什么也没有啊？”吕文明说。

“我们看看……”白冰说着，按动鼠标右键弹出了一个很复杂的界面，一个程序开始统计这个宇宙中的物质总量。“呵，这个宇宙中只有十一个基本粒子。”他又调出了一大堆信息仔细读着，“有十个粒子结成了五个粒子对，互相环绕对方运行，不过，每个粒子对中的两个粒子相距几千万光年，要上百万年才能相对运动一毫米；还有一个粒子是自由的。”

“十一个基本粒子？！说了半天还是什么都没有。”吕文明说。

“有空间啊，近千亿光年直径的空间！还有时间，100 亿年的时间！时空是最实在的存在！要说这个宇宙，还是创造得比较成功的，以前创造的相当多的宇宙连空间都很快湮灭了，只剩时间。”

“无聊。”陈继峰“哼”了一声，转身不再看屏幕。

“不，很有意思，”首长高兴地说，“再来一次。”

白冰退回到引爆界面，重选了一组参数，再次启动了大爆炸。这个新宇宙诞生的过程看上去与刚才基本相同，也是一个在膨胀中渐渐暗下来的球体。在创世后的 150 亿年，球体完全变黑，宇宙的演化稳定下来，白冰让视点进入宇宙内部，这时，连最不感兴趣的陈继峰也惊叹起来——广漠的黑色太空下，一张银色的大膜向各个方向延伸至无穷远处，大膜上点缀着各种色彩的小球体，像滚动在广阔镜面上的多彩露珠。

白冰又调出了分析界面，看了一会儿后说：“运气好，这是一个丰富多彩的宇宙，半径约 400 亿光年，其中一半是液体，一半是空间。也就是说，这个宇宙就是一个深度和表面半径都是 400 亿光年的大洋！宇宙中的固体星球就浮在洋面上！”白冰将画面推向洋面，可以看到银色的洋面在缓缓波动着，画面中出现了一个星球的近景，“这个漂浮着的星球有……我看看，木星那么大吧，啊，它还在自转哪！看它表面的那些山脉，在出水和入水时是何等的壮观！我们就把这液体叫水吧。看那被山脉甩到轨道上的水，在洋面形成了一个彩虹环呢！”

“是很美，但这个宇宙是违反物理学基本定律的。”首长看着屏幕说，“别说 400 亿光年深的海洋，就是 4 光年，那水体也早在引力下坍缩成黑洞了。”

白冰摇摇头说：“您忘了最基本的一点：这不是我们的宇宙，这个宇宙有自己的一套物理定律，与我们宇宙中的完全不同。在这个宇宙中，万有引力常数、普朗克常数、光速等基本物理常数与我们的宇宙完全不同；在这个宇宙中，一加一甚至都不等于二。”

在首长的鼓励下，白冰继续演示下去，第三个宇宙被创造出来，进入其中后，屏幕上出现了一堆极其混乱的色彩和形状，白冰立刻将它关掉了：“这是一个六维宇宙，我们无法观察它，其实大多数情况都是这样，我们创造的前两个都是三维宇宙，这只是运气好而已，因为宇宙从高能状态冷却后，被释放到宏观的维数为三的概率只有 3 ∶ 11。”

第四个宇宙出现时，所有的人都很迷惑：宇宙中呈现出一个无际的黑色平面，有无数根银光闪闪的直线与黑色平面垂直相交。看过分析数据后，白冰说："这个宇宙与上面相反，维数比我们的低，是一个二点五维的宇宙。"

"二点五维？"首长很吃惊。

"您看，这个黑色的没有厚度的二维平面就是这个宇宙的太空，直径约 5000 亿光年；那些与平面垂直的亮线就是太空中的恒星，它们都有几亿光年长，但无限细，只有一维。分数维的宇宙很少见，我要把这组创世参数记下来。"

"有个问题，"首长说，"如果你用这组参数再次启动大爆炸，所得到的宇宙与这个完全一样吗？"

"是的，一样，而且其演化过程也完全一样。一切在大爆炸时就决定了，您看，物理学穿过量子迷雾之后，宇宙又显示出了因果链和决定论的本性。"白冰依次看看每个人，郑重地说，"我请各位都牢记这一点，如果要理解我们后面将要面对的那些可怕的事，这是关键。"

"真的很有意思，做上帝的体验，超脱而空灵，很长时间没有这种感觉了！"首长感叹道。

"我的感觉同您一样，"白冰离开了计算机，站起来来回踱步，"所以，我就一遍又一遍地玩着创世游戏，到现在为止，我已经启动了 1000 多次大爆炸，那 1000 多个宇宙，其神奇壮观，很难用语言形容，我像上了瘾似的……本来，我可以这样一直玩儿下去，我们之间将永远素不相识，不会有任何关系，我们双方的生活都会按正常的轨迹进行下去，但……唉……那是今年年初一个下雪的晚上，已经凌晨两点了，很静很静，我启动了那天的最后一次大爆炸，在超弦计算机中诞生了第 1207 号宇宙，就是这一个……”

白冰回到计算机前，将文本框下拉到底，选择了最后的一组创世参数，启动了宇宙大爆炸。新生的宇宙在蓝光中急剧膨胀后熄灭为黑色。白冰移动鼠标，在创世之后的 190 亿年进入了这个被他编号为“1207”的宇宙。

这一次，屏幕上出现了灿烂的星海。

“‘1207’的半径约 200 亿光年，宏观维数是三；在这个宇宙中，万有引力常数是 1.67×10^{-11}，真空中的光速是 30 万千米 / 秒；在这个宇宙中，电子电量是 1.602×10^{-19} 库仑；在这个宇宙中，普朗克常数是 6.626……”白冰凑近首长，用令人胆寒的目光逼视着他，“这个宇宙中，一加一等于二。”

“这是我们的宇宙。”首长点点头，他仍很沉着，但额头有些潮湿了。

九　历史检索

“得到 1207 号宇宙后，我花了一个多月的时间做了一个搜索引擎，以模式识别为基础。然后，我就从天文资料中查到银河系与仙女座、大小麦哲伦等相邻星系的几何构图，在全宇宙范围内查询这种构图，得到了8万多个结果。下一步，我就在这个范围内，用银河系和邻近星系本身的形状进行查询，很快在宇宙中定位了银河系。”以漆黑的太空为背景，一个银色的大旋涡在屏幕上显示出来，“太阳的定位就更容易了，我们已经知道它在银河系中的大致范围——”白冰用鼠标在大旋涡的一条旋臂顶端拉出一个小矩形框，“仍用模式识别的方法，在这个范围中很快就定位了太阳。”屏幕上出现了一个耀眼的光球，光球周围环绕着一个朦胧的大环，“哦，这时太阳系的行星还没有诞生，这个星际尘埃构成的环就是构成它们的原材料。”白冰在屏幕下方调出了一个滚动条，“看，用这个来移动时间，”他将滑块缓缓前移，越过了两亿年的漫漫时光，太阳周围的尘埃环消失了，“现在八大行星已经诞生。这是真实尺度的图像，不是天象演示，所以找到地球还要费些事，我把以前存储的坐标调出来吧。”于是，原始地球在屏幕上出现了，一个灰蒙蒙的球体，白冰转动鼠标的滚轮，“我们降低高度，好，现在，大约是一万米高吧。”其下，大陆仍笼罩在迷雾之中，但雾中纵横交错的发着红光的网线显现出来，像胚胎上的血管，白冰指着那些网线说，“这是岩浆河，”他继续转动鼠标滚轮，穿过浓浓的酸雾，褐色的海面出现了，紧接着，视点扎入海中，一片浑浊中出现几个微小的悬浮物，它们大多是圆形的，也有其他较复杂的形状，与其他悬浮物最明显的区别是，它们自己在运动，而不是随水流漂移。“生命，刚出现的生命。”白冰用鼠标点点那些微小的东西说。他很快地反向转动滚轮，将视点重新升到太空中，古地球的全貌再次出现，然后他又移动时间滚动条，亿万年时光飞逝而过，笼罩在地球表面的浓雾消失了，海洋在变蓝，大陆在变绿，再到后来，巨大的冈瓦纳古陆像初春的冰块分崩离析，“如果愿意，我们可以看到生命进化的全过程，包括几次大灭绝和随之而来的生命大爆发，但是算了吧，省些时间，我们就要看到关系到咱们命运的谜底了。”古陆的各个碎块继续漂移，终于，一幅熟悉的世界构图出现了。白冰改变了时间滚动条的比例，开始以较慢的速度移动时间，并在一点停住了，“好了，在这里，人类出现了。”他又将滑块小心地向前移动一小段，“现在，文明出现了。

“对于上古的历史，一般只能宏观地看看，检索具体事件不太容易，具体人物就更难了。一般的历史检索是靠两个参数：地点和时间，这两点在上古历史记载中很难准确，我们做一次看看吧，来，我们下去了！”白冰说着，将鼠标在地中海范围的一个位置双击了一下，视点高度急剧降低，最后，一个荒凉的海滩出现了，黄沙的尽头，是一片连绵的橄榄丛。

“古希腊时代的特洛伊海岸。”白冰说。

“那……你能移到木马屠城的时间吗？”吕文明兴奋地问。

“从来就没有过什么木马。”白冰淡淡地说。

陈继峰点点头：“那种东西像儿戏，在实际的战争中是不可能的。”

“从来没有过特洛伊战争。”白冰说。

首长很惊奇：“这么说，特洛伊城是因为别的原因毁灭的？”

“从来没有过特洛伊城。”

另外三个人惊奇地面面相觑。

白冰指着屏幕说:“现在显示的就是应该发生那场战争时特洛伊海岸的真实情景,我们再前后移动五百年……”白冰小心地微移鼠标,屏幕上的海岸在白昼和黑夜的高频转换中急剧闪动,树丛的形状也在飞快变化,沙滩的尽头闪过几座小棚屋,时而还能看到几个一闪而过的小小的人影,棚屋时多时少,但最多时也没有超过一个村庄的规模,“看到了吗?伟大的特洛伊城只在那些游吟诗人的想象中存在过。”

“怎么会呢?”吕文明惊叫起来,“21 世纪初有考古发现证实过啊!当时还挖出了……阿伽门农的黄金面具。”

“阿伽门农的面具?”白冰大笑一声。

“随着历史记载的增多与准确性的增加,往后的检索就越来越容易,再做一次。”

白冰将视点升回地球轨道,这次他没有使用鼠标,而是手工输入了时间和地理坐标,视点向亚洲西部降落。很快,屏幕上显示出一片沙漠,在一处红柳丛的阴影下躺着几个人,他们穿着破旧的粗布袍,皮肤黝黑,头发很长且被沙尘和汗水弄成一缕缕的,远远看去像一堆破烂的废弃物。白冰说:“这里离村庄不远,但鼠疫流行,他们不敢去。”有一个身形瘦长的人坐了起来,四下看看,确认别人都睡熟了后,拿起旁边一个人的羊皮水囊喝了一通,又从另一个人的破行囊中拿出一块饼,掰下三分之一放到自己的包里，随后满意地躺下了。

“我用正常速度运行了两天，看到他五次偷别人的水喝，三次偷别人的饼。”白冰用鼠标点着那个刚躺下的人说。

“他是谁？”

“马可·波罗。检索到他可不容易，关押他的那个热那亚监狱的地点和具体时间都比较准确，我在那里定位了他，随后往回跟踪他经历了那次海战，提取了一些特征点，又往回跳过一大段时间跟到这里，这是在那时的波斯、现在的伊朗巴姆市附近，不过都白费劲儿。”

“那他是在去中国的路上了，你应该能跟着他进入忽必烈的宫殿。”吕文明说。

“他没有进入过任何宫殿。”

“你是说，他在中国期间只是在民间待着？”

“马可·波罗根本就没有来过中国，前面更加险恶的漫漫长路吓住了他，他们就在西亚转悠了几年，后来这人把从那里道听途说来的传闻讲给了那位作家狱友，后者写成了那本伟大的游记。”

三个人再次惊奇地面面相觑。

“再往后，检索具体的人和事就更加容易了，再来一次，到近代吧。”

在一间很暗的大屋子里，一张很宽的木桌子上铺着一张大地图，桌旁围着几个身着清朝武官服的人，看不清他们的面容。

“这是北洋海军提督府的一次会议。”

有一个人在说话，画面中传出的声音很模糊，且南方口音重，听不懂。白冰解释说：“这个人说，在近海防御中，不要一味追求大炮巨舰，就这么点儿钱，与其从西洋购买大吨位铁甲舰，不如买更多数量的蒸汽鱼雷快艇，每艘艇上可装载四至六枚瓦斯鱼雷，构成庞大的快艇攻击群，用灵活机动的航线避开日舰舰炮火力，抵近攻击……我曾请教过多位海军专家和战史研究者，他们一致认为，如果在当时这人的想法得以实施，北洋水师将是甲午海战中的胜利者。这人的高明和超前之处在于，他是海战史上最早发现传统大炮巨舰主义缺陷的人。”

“他是谁？邓世昌？”陈继峰问。

白冰摇摇头：“方伯谦。”

“什么？就是那个在黄海大海战中临阵脱逃的怕死鬼？”

“就是他。”

“直觉告诉我，这些才像真实的历史。”首长沉思着说。

白冰点点头：“是啊，到这一步，超脱和空灵消失了，我陷入了郁闷中，我发现，我们好像被自己所知道的历史骗了：那些名垂青史的人物并非全是英雄，他们中也有卑鄙的骗子和阴谋家，他们用权势为自己树碑立传且成功了。而那些为正义和真理献身的人，有很多默默地惨死在历史的尘埃中，没有人知道他们的存在；也有很多在强有力的诬陷下遗臭万年，就像现在宋诚的命运；他们中只有极少数的人被历史正确的记忆，其比例连冰山的一角都不到。”

这时，人们才注意到一直沉默的宋诚，看到他已经悄悄振作起来，两眼放出光芒，像一个已经倒地的战士重新站了起来，拿起武器并跨上一匹新的战马。

十 现实检索

“然后，你就进入了1207宇宙中的现实，是吗？”首长问。

“是的，我在那个镜像中将时间调到现在。”白冰说着，同时将屏幕时间滑标上的滑块推到尽头，这时，视点又回到了太空中，蓝色的地球看上去与古代并没有什么不同，“这就是1207镜像中的现实：我们这个内地省份，经过了几十年不间断的能源和资源输出，除了不断地开发矿产和电力之外，至今也未能建立起一个像样的工业体系，只留下了污染，农村的大片地区仍处于贫困线下，城市失业严重，治安状况恶化……我自然想看看领导和指挥着这一切的人是怎样工作的，最后看到了什么，我就不用说了。”

“你这样做的目的呢？”首长问。

白冰苦笑着摇摇头：“别以为我有他那样崇高的目的，”他指指宋诚，“我只是个普通老百姓，自得其乐地过日子，你们干什么，和我有什么关系？我本来根本不想惹你们的，但……我为这个超级模拟软件费了这么大劲儿，自然想通过它得些实惠，于是，我就给你们中的几个人打电话，想小小地敲一笔钱……”他说着突然变得恼怒起来，“你们的反应干吗这么过激？！干吗非要除掉我？！其实给我那笔钱不就完了嘛……好了，现在我把一切都讲清楚了。”

五个人陷入了长时间的沉默，他们都默默地盯着屏幕上的地球，这是现实中的地球的数字镜像，他们也在镜像中。

“你真的能够在这台计算机中观察到世界上发生过的一切？”陈继峰打破沉默问。

“是的，历史和现实的所有细节，都是这台计算机中运行的数据，数据是可以随意解析的，不管多么隐秘的事情，观察它们不过是从数据库中提取一些数据进行处理，这个数据库以原子级别存储着整个世界的镜像，所有数据都是可以随意提取的。”

“能证明一下吗？”

“这很容易：你出去，随便到什么地方，随便干一件什么事，然后回来。”

陈继峰依次看了看首长和吕文明，转身走出了房间。两分钟后，他回来了，无言地看着白冰。

白冰移动鼠标，使视点从太空急剧下降，悬在这城市上空，城市一览无遗地展现在屏幕上。白冰移动画面仔细寻找，很快找到了近郊的第二看守所，找到了他们所在这幢三层楼房。视点随即进入了楼房内，在二楼空荡的走廊中移动，画面上出现了坐在走廊中长椅子上的两个便衣警察，其中的沈兵正在点一支烟；最后，画面中出现了他们所在的办公室的门。

“现在的模拟画面，只比正在发生的现实滞后 0.1 秒，让我们后退几分钟。”白冰将时间滑标向后移了一点点。

屏幕上，门开了，陈继峰走了出来，坐在长椅上的两个人看到他后立刻站了起来，陈向他们摆摆手示意没事，就向另一个方向走去，视点紧跟着他，像有人用摄像机在跟踪拍摄。镜像画面上，陈继峰进了卫生间，从裤子口袋中掏出手枪，拉了一下枪栓后装回裤袋，白冰将这个画面定住，并使其像三维动画一样旋转至各个方位。陈继峰走出卫生间，画面跟着他回到了办公室，并显示出了正在等待中的另外四人。

首长不动声色地看着屏幕，吕文明则抬头警觉地看了陈继峰一眼。

“这东西确实厉害。”吕文明阴沉着脸说。

“下面我为您演示它更厉害的地方。”白冰说着，使屏幕上的画面静止了，“由于镜像模拟的宇宙是以原子级别存储的，所以我们可以检索到这个宇宙中的每一个细节。下面，让我们看看陈局长上衣口袋中装着什么。”

白冰在静止画面上拉出一个方框，圈住陈继峰的上衣口袋，然后弹出一个处理界面，经过一系列操作，上衣袋外侧的布被去除了，显示出放在衣袋中的一张折叠起来的小纸片。白冰使用拷贝键将纸片复制下来，然后启动了一个三维模型处理软件，将拷贝的数据粘贴到软件的处理桌面上，又经过几项操作，那张折叠的纸片被展开来，那是一张外汇支票，数额是 25 万美元。

“下面，我们就追踪这张支票的来源。”白冰说着，关闭了图像处理软件，又回到四个人的静止画面上来。白冰在陈继峰上衣袋中那张已被选定的支票上按右键调出功能选项，选择了 trace（意为“跟踪”）一项，支票闪动起来，画面也立刻活了，时间在逆向流动——首长一行三人退出了办公室，又退出了大楼，退回到一辆汽车上，其中的陈继峰和吕文明戴上了耳机，显然是在监听白冰和宋诚的谈话。跟踪检索继续进行，场景不断变换，但那张闪动的支票作为检索键值一直处于画面的中央，陈继峰仿佛被它吸附着，穿过一个又一个场景。终于，那张支票跳出了陈的上衣袋，钻进了一个小篮子，那个篮子又从陈的手中跳到了另一个人的手中，在这个时刻，白冰使画面静止了。

“就从这里开始放吧。”白冰说着，启动了画面以正常速度播放，这好像是在陈继峰家的客厅里，屏幕上一个穿黑西装的中年人拎着那个水果篮站在那里，好像刚进来，陈继峰则坐在沙发上。

“陈局长，温哥托我来看看您，也是表示一下上次的谢意。他本想亲自来的，但觉得为了免去一些闲话，这种走动还是少些好。”

陈继峰说：“你回去告诉温雄，现在他条件好了，一定要走正道，总是出格对谁都没好处，也别怪我不客气！”

“是，是，温哥怎么能忘记陈局的教诲呢？他现在不但为社会积极贡献，在贫困地区建了四所小学，政治上也要求进步，已经当选市人大代表了！”来人说着，将果篮放到茶几上。

“东西拿走。”陈继峰挥挥手说。

“哪敢带什么好东西，那不是成心惹陈局长生气嘛，一点儿水果，表表心意。您是不知道，温总一说起您，都眼泪汪汪的，说您是我们的再生父母啊。”

来人走后，陈继峰关上门回到茶几旁，将果篮的水果全倒出来，从篮底拿出那张支票放进了上衣袋。

首长和吕文明都冷冷地看了陈继峰一眼，这些他们显然都不知晓。温雄是利成集团的总裁，那是个涉猎餐饮、长途客运等众多业务的庞大公司，其原始积累来自温雄黑社会组织的贩毒利润，他们使这座城市成为云南至俄罗斯毒品管道上一个重要的枢纽，现在温雄在合法商业上发展顺利，他的毒品业务也在前者的补充滋养下更快地膨胀起来，致使这座内地城市毒品泛滥，治安恶化。而陈继峰这个后台是其生存的重要保证。

“收的是美元？一定是要给儿子汇去吧。”白冰笑着说，“您儿子在美国读书的钱可全是温雄出的……对了，想不想看看贵公子现在在地球那一边干什么？很容易的，现在波士顿是午夜，不过上两次我看到他时，他都还没有睡觉。”白冰将视点升到太空，将地球旋转了180度，然后将北美大陆放大，在大西洋海岸找到了那座灯火灿烂的城市，很快定位了他以前显然找到过的一座公寓，视点进入公寓卧室后，显示出一幅令人尴尬的画面：一个黄皮肤男孩正在和一白一黑两个妓女鬼混。

“陈局长，看到儿子是怎样花你的钱了吗？”

陈继峰恼怒地将液晶显示屏反扣到箱子上。

被深深震慑了的几个人再次陷入沉默，过了很久，吕文明问："这些天，你为什么只是逃跑，没有想过通过更……正当的方式摆脱困境呢？"

"您是说我到纪委去举报？真是个好主意，我开始也这么想过，于是便在镜像中对纪委领导班子进行查询，"白冰抬头看了看吕文明，"您应该知道我都看到了什么，我不想落到您老同学这样的下场。那么我能去检察院和反贪局吗？我哪儿有地方可去？"

"你可以去中央。"首长仔细观察着白冰，不动声色地说。

白冰点点头说："这是唯一的选择了，但我是个普通的小人物，所以首先来见见宋诚，找到一个稳妥可靠的渠道，也顾不得你们的追杀了。"白冰犹豫了一下，接着说，"但这个选择并不轻松，你们都是聪明人，知道这样做最终意味着什么。"

"意味着这项技术将公布于世。"

"很对。那时，笼罩在历史和现实上的所有迷雾将一扫而光，一切的一切，在明处和暗处的，过去和现在的，都将赤裸裸地展现于光天化日之下。到那时，光明与黑暗，将不得不进行一场史无前例的大决斗，世界将陷入一片混乱……"

"但最后的结果，是光明取得胜利。"一直沉默的宋诚终于说话了，他走到白冰面前，直视着他说，"知道黑暗的力量来自哪里吗？就是来自黑暗，也就是说来自它的隐蔽性，一旦暴露在明处，它的力量就消失了，如腐败之类的，大多如此。而你的镜像，就是使所有黑暗完全暴露的强光。”

首长和陈、吕二人互相交换了一下目光。

沉默。

超弦计算机的屏幕上，原子级别的地球镜像静静地悬浮在太空中。

“有一个机会，”首长突然站起身，对吕、陈二人说，“好像有一个机会。”

首长上前扶着白冰的肩膀说：“为什么不将镜像中的时间标尺移向未来？”

白冰和陈、吕二人不解地看着首长。

“如果我们能够准确地预见未来，就能够在现在改变它，这样我们就能控制未来历史的走向，也就控制了一切……年轻人，你认为这没有可能吗？也许，我们能够一起肩负起创造历史的使命。”

白冰明白过来，苦笑着摇摇头，站起身走到计算机前，用鼠标将时间标尺拉长，在零时标后面拉出了一个未来时段，然后对首长说：“您自己来试试吧。”

十一 单程递归

首长扑向计算机，动作敏捷得如饥饿的鹰见到地面上的小鸡，令人恐惧。他熟练地移动鼠标，将时间滑标滑过零时，在滑标进入未来时段的瞬间，一个错误提示窗口跳了出来：

Stack overflow……

白冰从首长手中拿过鼠标，“让我们启动错误跟踪程序，step by step 吧。”

模拟软件退回到出错前，开始分步运行。当现实中的白冰将滑块移过零时，镜像中虚拟的白冰也正在做着同样的事；错误跟踪程序立刻放大了镜像中的那台超弦计算机的屏幕，可以看到，在那台虚拟计算机的屏幕上，第二层的虚拟白冰也正在将滑块移过零时；于是，错误跟踪程序又放大了第三层虚拟中的那台超弦计算机的屏幕……就这样，跟踪程序一层层地深入，每一层的白冰都在将滑块移过零时。这是一套依次向下包容的永无休止的魔盒。

“这是递归，一种程序自己调用自己的算法，正常情况下，当调用进行到有限的某一层时会得到答案，多层自我调用的程序再逐层按原路返回。而我们现在看到的是无限调用自己、永远得不到答案的单程递归，由于每次调用时都需将上层的现场数据存入堆栈，就造成了刚才看到的堆栈存储器溢出，由于是无限递归调用，即使超弦计算机的终极容量也会被耗尽的。”

“哦。”首长点点头。

“所以，虽然这个宇宙中的一切过程早在大爆炸发生时就已经决定，但未来对我们来说仍是未知的，对讨厌由因果链而产生的决定论的人来说，这也是一个安慰吧。”

“哦——”首长又点点头，他的这一声“哦”很长很长。

十二　镜像时代

白冰发现，首长发生了奇怪的变化，仿佛他身上的什么东西被抽走了似的，整个身躯在萎缩，似乎失去了支撑自身的力量而摇摇欲坠；他脸色苍白，呼吸急促起来，双手撑着椅子慢慢地坐下，动作艰难且小心翼翼，好像怕压断自己的哪根骨头。

“年轻人，你，毁了我的一生。”首长缓缓地说，“你们赢了。”

白冰看看陈继峰和吕文明，发现他们也与自己一样不知所措，而宋诚，则昂然挺立在他们中间，脸上充满了胜利的光彩。

陈继峰缓缓站起来，从裤袋中抽出握枪的手。

“住手。”首长说，声音不高，但威严无比，使陈继峰手中的枪悬在半空不动了，“把枪放下。”首长命令道，但陈仍然不动。

“首长，到了这一步，必须果断，他们死在这儿说得过去，不过是因拒捕和企图逃跑被击毙……”

“放下枪，你这条疯狗！”首长低沉地喝道。

陈继峰拿枪的手垂了下来，慢慢地转向首长：“我不是疯狗，是条好狗，一条知道报恩的狗！”

“你什么意思？”好长时间没有说话的吕文明站了起来。

“我的意思谁都明白，我不像有些人，每走一步都看好两三步的退路，我的退路在哪儿？到这时刻我不自卫能靠谁？！”

白冰平静地说：“杀我没用的，如果你想把镜像公布于世，这是最快捷的办法。”

“傻瓜都能想到这类自卫措施，你真的失去理智了。”吕文明低声对陈继峰说。

陈继峰说：“我当然知道这小子不会那么傻，但我们也有自己的技术力量，投入全力是有可能彻底销毁镜像的。”

白冰摇摇头：“没有可能。陈局长，这是网络时代，隐藏和发布信息是很简单的事，我在暗处，跟我玩这个你赢不了的，就算你动用最出色的技术专家都赢不了，我就是告诉你那些镜像的备份在哪儿、我死后它如何发布，你也没办法；至于那组创世参数，就更容易隐藏和发布了，打消那念头吧。”

陈继峰慢慢地将手枪放回裤袋，颓然坐下了。

“你以为自己已经站在历史的山巅上了，是吗？”首长无力地对宋诚说。

“是正义站在历史的山巅了。”宋诚庄严地说。

“不错，镜像把我们都毁了，但它的毁灭性远不止于此。”

“是的，它将毁灭所有罪恶。”

首长缓缓地点点头。

“然后，毁灭所有虽不是罪恶但肮脏和不道德的东西。”

首长又点点头，说：“它最后毁灭的，是整个人类文明。”

他这话使其他的人都微微一愣。

宋诚说：“人类文明从来就没有面对过如此光明的前景，这场善恶大搏斗将洗去其身上的一切灰尘。”

“然后呢？”首长轻声问。

“然后，伟大的镜像时代将到来，全人类将面对着一面镜子，每个人的一举一动都能在镜像中精确地查到，没有任何罪行可以隐藏，每一个有罪之人都不可避免地面临最后审判，那是没有黑暗的时代，阳光将普照每个角落，人类社会将变得水晶般纯洁。”

“换句话说，那是一个死了的社会。”首长抬头直视着宋诚说。

“能解释一下吗？”宋诚带着对失败者的嘲笑说。

“设想一下，如果DNA从来不出错，永远精确地复制和遗传，现在地球上的生命世界会是什么样子？”

在宋诚思考之际，白冰替他回答了：“那样的话，现在的地球上根本没有生命，生命进化的基础——变异，正是由DNA的错误产生的。”

首长对白冰点点头：“社会也是这样，它的进化和活力，是以种种偏离道德主线的冲动和欲望为基础的，水至清则无鱼，一个在道德上永不出错的社会，其实已经死了。”

“你为自己的罪行进行的这种辩解是很可笑的。”宋诚轻蔑地说。

“也不尽然。”白冰紧接着说，他的话让所有人都有些吃惊，他犹豫了几秒钟，好像下了决心地说下去，“其实，我不愿意将镜像模拟软件公布于世，还有另一个原因，我……我也不太喜欢有镜像的世界。”

“你像他们一样害怕光明吗？”宋诚质问道。

“我是个普通人，没什么阴暗的罪行，但说到光明，那也要看什么样的光明，如果半夜窗外有探照灯照你的卧室，那样的光明叫光污染……举个例子吧：我结婚才两年，已经产生了那种……审美疲劳，于是……那种关系，老婆当然不知道，大家过得都很好。如果镜像时代到来，我就不可能这样生活了。”

“你这本来就是一种不道德、不负责任的生活！”宋诚说，语气中带着些愤怒。

“但大家不都是这么过的吗？谁没有些见不得人的地方？这年头儿要想过得快乐，有时候就得人不人鬼不鬼的，像您这样一尘不染的圣人，能有几个？如果镜像使全人类都成了圣人，一点儿坏事儿都不能干，那……那还有什么劲啊！”

首长笑了起来，连一直脸色阴沉的吕、陈二人也露出了些笑容。首长拍着白冰的肩膀说：“年轻人，虽然没有上升到理论高度，但你的思想比这位学者要深刻得多。”他说着转向宋诚，“我们肯定是逃不掉的，所以你现在可以将对我们的仇恨和报复欲望放到一边。作为一个社会哲学知识博大精深的人，你不会真浅薄到认为历史是善和正义创造的吧？”

首长这话像强力冷却剂，使处于胜利狂热中的宋诚冷静下来：“我的职责就是惩恶扬善，匡扶正义。”他犹豫了一下说，语气和缓了许多。

首长满意地点点头：“你没有正面回答，很好，说明你确实还没有浅薄到那个程度。”

首长说到这里，突然打了一个激灵，仿佛被冷水从头浇下，使他从恍惚中猛醒过来，虚弱一扫而光，那刚失去的某种力量似乎又回到了他的身上。他站起身，郑重地扣上领扣，又将衣服上的皱褶处仔细整理了一下，然后极其严肃地对吕文明和陈继峰说："同志们，从现在起，一切已在镜像中了，请注意自己的行为和形象。"

吕文明神情凝重地站了起来，像首长一样整理了一下自己的仪容，长叹一声说："是啊，从此以后，苍天在上了。"

陈继峰一动不动地低头站着。

首长依次看看每个人，说："好，我要回去了，明天的工作会很忙。"他转向白冰，"小白啊，你明天下午六点钟到我办公室来一趟，把超弦计算机带上。"然后他又转向陈、吕二人，"至于二位，好自为之吧。继峰你抬起头来，我们罪不可赦，但不必自惭形秽，比起他们，"他指指宋诚和白冰，"我们所做的真不算什么了。"

说完，他打开门，昂头走去。

十三　生日

第二天对于首长来说确实是很忙的一天。

一上班，他就先后召见省里主管工业、农业、财政、环保等领域的负责人，向他们交代了下一步的工作。虽然同每位领导谈的时间都很短，凭借丰富的工作经验，首长还是言简意赅地讲明了工作重点和最需要注意的问题，同时，他以老到的谈话技巧，让每个人都以为这只是一次普通的工作交流，没发现任何异常之处。

上午十点半钟，送走了最后一位主管领导，首长静下心来，开始写一份材料，向上级阐明自己对本省经济发展和解决省内国有大中型企业面临的问题的意见，材料不长，不到2000字，但浓缩了自己这几十年的工作经验和思考。那些熟悉首长理念的人看到这份材料应该很吃惊，这与他以前的观点有很大差别。这是他在权力高处的这么长时间里，第一次纯粹地从党和国家的最高利益的角度，在完全不掺杂私心的情况下发表自己的意见。

材料写完已经是中午十二点多了，首长没有吃饭，只是喝了一杯茶，便接着工作。

这时，镜像时代的第一个征兆出现了，首长得知陈继峰在自己的办公室里开枪自杀，吕文明则变得精神恍惚，不断地系领口的扣子，整理自己的衣服，好像随时都有人给他拍照似的。对这两件事，首长一笑置之。

镜像时代还没有到来，黑暗已经在崩溃了。

首长命令反贪局立刻成立一个专案组，在公安和工商有关部门的配合下，立刻查封自己的儿子名下的大西商贸集团和儿媳名下的北原公司的全部账目和经营资料，并依法控制这些实体的法人；对其他亲戚和亲信拥有的各类经济实体也照此办理。

下午四点半，首长开始草拟一份名单。他知道，镜像时代到来后，省内各系统落马的处级以上干部将数以千计，现在最紧要的是物色各系统重要岗位的合适接任人选，他的这份名单就是向省委组织部和上级提出的建议。其实，在镜像出现之前，这份名单在他的心中已存在了很长时间，那都是他计划清除、排挤和报复的人。

这时已是下午五点半，该下班了，他感到从未有过的欣慰，自己至少做了一天的人。

宋诚走进了办公室，首长将一份厚厚的材料递给他："这就是你那份关于我的调查材料，尽快上报中纪委吧。我昨天晚上写了一份自首材料，也附上了，里面除了确认你们调查的事实外，还对一些遗漏做了补充。"

宋诚接过材料，神情严肃地点点头，没有说话。

"过一会儿，白冰要来这里，带着超弦计算机。你应该告诉他，镜像软件马上就要上报上级，一开始，上级领导会考虑到各方面的因素谨慎使用它，要防止镜像软件提前泄漏到社会上，它会产生很大的副作用，非常危险，基于这个原因，你让他立刻将自卫所用的备份，在网上或什么其他地方的备份，全部删除；还有那个创世参数，如果告诉过其他人，让他列出名单。他相信你，会照办的。一定要确认他把备份删除干净。"

"这正是我们想要做的。"宋诚说。

"然后，"首长直视着宋诚的眼睛，"杀了他，并毁掉那台超弦机。现在，你不会认为我这样做还是为自己着想吧？”

宋诚一愣，随后摇头笑了起来。

首长也露出笑容：“好了，我该说的都说完了，以后的事情与我无关。镜像已经记下了我说的这些话，在遥远的未来，也许有那么一天，会有人认真听这些话的。”

首长对宋诚挥了挥手让他走，然后仰在椅子的靠背上长长地吐出了一口气，沉浸在一种释然和解脱中。

宋诚走后，六点整，白冰准时走进了办公室。他的手里提着那只箱子，提着历史和现实的镜像。

首长招呼他坐下，看着放在办公桌上的超弦计算机说：“年轻人，我有一个请求：能不能让我在镜像中看看自己的一生？”

“当然可以，这很容易的！”白冰说着，打开箱子启动了电脑。镜像模拟软件启动后，他首先将时标设定到现在，定位了这间办公室，屏幕上显示出两个人的适时影像后，白冰复制了首长的影像，按动鼠标右键启动了跟踪功能。这时，画面急剧变换起来，速度之快使整块屏幕看起来一片模糊，但作为跟踪键值的首长的影像一直处于屏幕中央，仿佛世界的中心，虽然这影像也在急剧变化，但可以看到人越变越年轻，“现在是逆时跟踪搜索，模式识别软件不可能根据您现在的形象识别和定位早年的您，它需要根据您随年龄逐渐变化的形象一步步追踪到过去。”

几分钟后，屏幕停止了闪动，显示出一个初生儿湿漉漉的脸蛋儿，产科护士刚刚把他从盘秤上取下来，这个小生命不哭不闹，睁着一双动人的小眼睛好奇地打量着这个世界。

“呵呵，这就是我了，母亲多次说过，我一生下来就睁开眼睛了。”首长微笑着说，他显然在故作轻松地掩盖自己心中的波澜，但这次很例外地，他做得不太成功。

“您看这个，”白冰指着屏幕下方的一个功能条说，“这些按钮可以对图像的焦距和角度进行调整。这是时间滚动条，镜像软件将一直以您为键值进行显示，您如果想检索某个时间或事件，就如同在文字处理软件中查阅大文件时使用滚动条差不多，先用较大时间跨度走到大概的位置，再进行微调，借助于您熟悉的场景前后移动滚动条，一般总能找到的，这也类似于影碟的快进退操作，当然这张碟正常播放将需……”

“近五万小时吧。”首长替白冰算出来，然后接过鼠标，将图像的焦距拉开，显示出产床上的年轻母亲和整间病房，这里摆放着式样朴素的床柜和灯，窗子是木制的，引起他注意的是墙上的一块橘红色光斑，“我出生时是傍晚，时间和现在差不多，这可能是最后一抹夕阳了。”

首长移动时间滚动条，画面又急剧闪动起来，时光在飞逝，他在一幅画面上停住了。一盏从天花板上吊下的电灯照着一张小圆桌，桌旁，他那戴着眼镜、衣着俭朴的母亲正在辅导四个孩子学习，还有一个更小的孩子，也就是三四岁，显然是他本人，正笨拙地捧着一个小木碗吃饭。“我母亲是小学教师，常常把学习差的学生带回家里来辅导，这样就不耽误从幼儿园接我了。”首长看了一会儿，一直看到幼年的自己不小心将木碗儿中的粥洒了一身，母亲赶紧起身拿毛巾擦时，才再次移动了时间滚动条。

时光又跳过了许多年，画面突然亮起了一片红光，好像是一个高炉的出钢口，几个穿着满是污渍的石棉工作服的人影在晃动，不时被炉口的火焰吞没又重现，首长指着其中的一个说："我父亲，一名炉前工。"

"可以把画面的角度调一下，调到正面。"白冰说着，要从首长手中拿过鼠标，但被首长谢绝了。

"哦，不，不，这年厂里创高产加班，那时要家属去送饭，我去的，这是第一次看到父亲工作，就是从这个角度，从这以后，他在炉火前的这个背影在我脑子里一直印得很深。"

时光又随着滚动条的移动而飞逝，在一个晴朗的日子停止了，一面鲜红的队旗在蓝天的背景上飘扬，一个身穿白衣蓝裤的男孩子正仰视着它，一双手给男孩系上红领巾，孩子右手扬上头顶，激动地对世界宣布他时刻准备着，他的眼睛很清澈，如同那天如洗的碧空。

"我入队了，小学二年级。"

时光跳过，又一面旗帜出现了，是团旗，背景是一座烈士纪念碑，一小群少年对着团旗宣誓，他站在后排，眼睛仍像童年那样清澈，但多了几分热诚和渴望。

"我入团，初一。"

滚动条移动，他一生中的第三面红色旗帜出现了，这次是党旗。这好像是在一间很大的阶梯教室中，首长将焦距调向那站在六个宣誓中的年轻人中间的一个，让他的脸庞占满了画面。

“入党，大二。”首长指指画面，“你看看我的眼睛，能看出些什么。”

那双年轻的眼睛中，仍能看到童年的清澈、少年的热诚和渴望，但多了一些尚不成熟的睿智。

“我觉得，您……很真诚。”白冰看着那双眼睛说。

“说得对，直到那时，我对那个誓词的心还是真诚的。”首长说完，在眼睛上抹了一下，动作很轻微，没有被白冰注意到。

时间滚动条又移动了几年，这次移得太过了，经过几次微调，画面上出现了一条林荫道，他站在那里看着一位刚刚转身离去的姑娘，那姑娘回头看了他一眼，眼睛含着晶莹的泪，一副让人心动的冰清玉洁的样子，然后在两排高大的白杨间渐行渐远……白冰知趣地站起身想离开，但首长拦住了他。

“没关系，这是我最后一次见到她了。”说完，他放下鼠标，目光离开了屏幕，“好了，谢谢，把机器关了吧。”

“您为什么不继续看呢？”

“值得回忆的就这么多了。”

“我们可以找到现在的她，就是现在的，很容易！”

“不用了，时间不早了，你走吧，谢谢，真的谢谢。”

白冰走后，首长给保卫处打了个电话，让机关大院的哨兵到办公室来一下。很快，那名武警哨兵进来，敬礼。

“你是……哦，小杨吧？”

“首长记性真好。”

“我叫你上来，也没什么事，就是想告诉你，今天是我的生日。”

哨兵立刻变得手足无措起来，话也不会说了。

首长宽容地笑笑：“向战士们问好，去吧。”在哨兵敬礼后转身离去之际，他像突然想起来什么似的说，“哦，把枪留下。”

哨兵愣了一下，还是抽出手枪，走过去小心地放在宽大的办公桌的一端，再次敬礼后走了出去。

首长拿起枪，取出弹夹，把子弹一颗颗地退出来，只留下一颗在弹夹里，再把弹夹推上枪。下一个拿到这枪的人可能是他的秘书，也可能是天黑后进来打扫的勤杂工，那时空枪总是安全些。

他把枪放到桌面上，把退出来的子弹在玻璃板上摆成一小圈，像生日蛋糕上的蜡烛。然后，他踱到窗前，看着城市尽头即将落下的夕阳，它隐藏在市郊的工业烟尘后面，像一个深红色的圆盘，他倒觉得它像镜子。

他做的最后一件事，就是将自己胸前的“为人民服务”的小标牌摘下来，轻轻地放到桌面上小幅国旗和党旗的基座上。

然后，他在办公桌旁坐下，静静地等候着最后一抹夕阳照进来。

十四　未来

当天夜里，宋诚来到气象模拟中心的主机房，找到了白冰，他正一个人静静地看着已经启动的超弦计算机的屏幕。

宋诚走过去拍拍他的肩说：“小白，我已经向你的单位领导打了招呼，马上有一辆专车送你去北京，你把超弦计算机交给一位中央领导。听你汇报的除了这位领导，可能还有几名这方面的技术专家。由于这项技术非同寻常的性质，让人完全理解和相信可不是一件容易的事，你讲解和演示的时候要耐心……白冰，你怎么了？”

白冰没有转过身来，仍静坐在那里。屏幕上的镜像宇宙中，地球在太空中悬浮着，它的极地冰盖形状有些变化，海洋的颜色也由蓝转灰了些，但这些变化并不明显，宋诚是看不出来的。

“他是对的。”白冰说。

“什么？”

“首长是对的。”白冰说着，缓缓转身面对宋诚，他的双眼布满血丝。

“这是你思考了一天一夜的结果？”

“不，我完成了镜像的未来递归运算。”

“你是说……镜像能模拟未来了？！”

白冰无力地点点头：“只能模拟很遥远的未来。我在昨天晚上想出了一种全新的算法，避开较近的未来，这样就避免了因得知未来而改变现实对因果链的破坏，使镜像直接跳到遥远未来。”

“那是什么时间？”

“35000 年后。”

宋诚小心翼翼地问：“那时的社会是什么样子？镜像在起作用吗？”

白冰摇摇头：“那时没有镜像了，也没有社会了，人类文明消亡了。”

震惊使宋诚说不出话来。

屏幕上，视点急剧下降，在一座沙漠中的城市上空悬停。

“这就是我们的城市，是一座空城，已死去 2000 多年了。”

死城给人的第一印象是一个正方形的世界，所有的建筑都是标准的正立方体，且大小完全一样，这些建筑都整齐地排列着，构成了一个标准的正方形城市。只有方格状的街道上不时扬起的黄色沙尘，才使人不至于将城市误认为是画在教科书上的抽象几何图形。

白冰移动视点，进入了一幢正立方体建筑内部的一个房间，里面的一切已经被漫长岁月积累的沙尘埋没了，在窗边，积沙呈一个斜坡升上去，直接上了窗台。沙中有几个鼓包，像是被埋住的家电和家具，从墙角伸出几根枯枝似的东西，那是已经大部锈蚀的金属衣帽架。白冰将图像的一部分拷贝下来，粘贴到处理软件中，去掉上面厚厚的积沙，露出了锈蚀得只剩空架子的电视机和冰箱，还有一张写字台样的桌子，桌上有一个已放倒的相框，白冰调整视点，使相框中的那张小照片占满了屏幕。

这是一张三口之家的合影，但照片上的三人外貌和衣着几乎完全一样，仅能从头发的长短看出男女，从身材的高低看出年龄。他们都穿着样式完全一样的类似于中山装的衣服，整齐而呆板，扣子都是一直扣到领口。宋诚仔细看看，发现他们的容貌还是有差别的，之所以产生一样的感觉，是因为他们那完全一致的表情，一样麻木的平静，一样呆滞的庄严。

“我发现的所有照片和残存的影像资料上的人都是这样的表情，没有见过其他表情，更没有哭或笑的。”

宋诚惊恐地说：“怎么会这样呢？你能查查留下来的历史资料吗？”

“查过了，我们以后的历史大略是这样的：镜像时代在五年后就开始了，在前二十年，镜像模拟只应用于司法部门，但已经对社会产生了实质性的影响，人类社会的形态发生了重大变化。后来，镜像渗透到社会生活的各个角落，历史上称为镜像纪元。在新纪元的头五个世纪，人类社会还是在缓慢发展之中。完全停滞的迹象最初出现在镜像 6 世纪中叶，首先停滞的是文化，由于人性已经像一汪清水般纯洁，没有什么可描写和表现的，文学首先消失了，接着是整个人类艺术都停滞和消失。接下来，科学和技术也陷入了彻底的停滞。这种进步停滞的状态持续了 30000 年，这段漫长的岁月，史称‘光明的中世纪’。”

“以后呢？”

“以后就很简单了，地球资源耗尽，土地全部沙漠化，人类仍没有进行太空移民的技术能力，也没有能力开发新的资源，在5000年时间里，一切都慢慢结束了……就是我们现在显示的这个时候，各大陆仍有人在生活，不过也没什么看头了。”

“哦——”宋诚发出了像首长那样的长长的一声，过了很长时间，他才用发颤的声音问道，“那……我们该怎么办？我是说现在，销毁镜像吗？”

白冰抽出两支烟，递给宋诚一支，将自己的点着后深深地吸了一口，将白色的烟雾吐在屏幕中那三个呆滞的人像上：“镜像我肯定要销毁，留到现在就是想让你看看这些。不过，现在我们干什么都无所谓了，有一点可以自我安慰：以后发生的一切与我们无关。”

“还有别人生成了镜像？”

“它的理论和技术都具备了，而根据超弦理论，创世参数的组合虽然数量巨大，但是有限的，不停试下去总能碰上那一组……30000多年后，直到文明的最后岁月，人们还在崇拜和感谢一个叫尼尔·克里斯托夫的人。”

“他是谁？”

“按历史记载：虔诚的基督教徒，物理学家，镜像模拟软件的创造者。”

十五　镜像时代

五个月后，普林斯顿大学宇宙学实验中心。

当灿烂的星海在 50 块屏幕中的一块上出现时，在场的科学家和工程师们都欢呼起来。这里放置着 5 台超弦计算机，每台中又设置了 10 台虚拟机，共有 50 个创世模拟软件在日夜不停地运行，现在诞生的虚拟宇宙是第 32961 号。

只有一个中年男人不动声色，他浓眉大眼，气宇轩昂，胸前那枚银色的十字架在黑色的套衫上格外醒目。他默默地画了一个十字，问：

“万有引力常数？”

“1.67×10^{-11}！”

“真空光速？”

“29.98 千米 / 秒！”

“普朗克常数？”

“6.626！”

“电子电量？”

“1.602×10^{-19} 库仑。”

“一加一？”他庄重地吻了一下胸前的十字架。

“等于二，这是我们的宇宙，克里斯托夫博士！”

回归 / 陈虹羽

濒死体验

一

我现在的生命是一坨白色、灰色、黑色。没别的了。度日如年，醉生梦死，苟且残喘。余下的时日毫无意义，守株待兔般等死。如果不是需要钱用，我甚至连上班都不愿意去。剩下的闲暇时间，我坐在任何可以坐下的地方发呆，脑子里总是反复念着老纳博科夫的那一句“我的生命之光，我的欲望之火，同时也是我的罪恶……”，我一边念，心一边往下坠。我听见灯光被关掉的声音，火焰被熄灭的声音。每一声，都像刀一样刻蚀着我的灵魂，我的梦，我的命。

我的生命之光没了；欲望之火，熄了。小迪的脸仿佛跟我隔了一层水，沉下去，沉下去，消失了。我在脑中按下重播键，每天如此，时时如此。只要她的脸一消失，我就重播。回忆比不上正在发生的事真切，但总比没有好。

她在近岸的浅海里灵活地游来游去，像条捉不住的人鱼。我把装着戒指的小盒子捏在手中，手心沁出了细密的汗。她从海水里站起来，快活地走上岸，朝我挥手道："快来游吧！"

"你先到我这儿来！"海滩是那么空旷，又充斥着水声，我要大声喊她才能听清。

"什么事嘛？"她噘着嘴走向我。

我把背着的手捧到胸前。她看见了那个夜空蓝的小盒子，嘴巴张成大大的O形。"小迪，"我单膝跪下，突然又觉得自己穿着泳衣求婚的样子太滑稽了，说话也磕巴起来，"你知道的……我……"

我是个笨嘴拙舌的家伙，同时也是懦弱的家伙。不知怎的，这一刻我竟想起我的邻居，也是高中同学曾恒。曾恒长得很帅，学校里不少女生喜欢他。只有和他住同一宿舍的我们知道，他就一条内裤，正面穿两天，翻过来背面穿两天，周五不穿，周末带回家让他老妈洗。学校的食堂要求同学自带饭盒，他每次都套一个塑料袋在饭盒里打饭，吃完就把塑料袋取下来扔掉，也不洗饭盒。就是这样一个人，却每天都要洗一次头，让头发丝滑自信。

有一次，他砸坏了邻居张阿姨的玻璃窗。张阿姨四十岁，和一只暹罗猫、一条金毛犬一起住，我们称张阿姨为老处女。很快，她从坏掉的那扇玻璃窗后面探出脑袋，扯着嗓子，机关枪一般喊起来："狗娘养的小兔崽子，老娘的窗户也敢砸！"她看见有好几个孩子站在楼下，又顿了顿，厉声问，"哪个干的？"其他孩子哄闹着四下散去了，曾恒也拽着我拔腿要跑，但想了想又停下来，指着我说:“张阿姨，是周索瑞干的。我看见了。”他说得信誓旦旦。“不……不是。”我张口想要分辩，但还没说出一句完整的话，张阿姨已离开窗边冲下了楼，一把拽起我的后衣领。“张阿姨，不、不是我。”我怯怯地说。“少跟我装蒜！”她凑到我面前吼，唾沫星子几乎喷到我脸上。曾恒搭着我的肩，挤眉弄眼地小声在我耳边说，“Sorry，对不起啦！”然后一溜烟跑得无影无踪。我觉得自己是个被抛弃的、孤立无援的俘虏，只顾着哭，抽抽搭搭地说不出一句话。张阿姨把我拖到我父亲那里。父亲掏出几张钞票塞到张阿姨手中，她才转而喜笑颜开。后来，我跟父亲说不是我干的。他说他知道。但他没帮我出头，只是塞给张阿姨几张钞票。一想起这件事我就悔恨不已，恨曾恒，恨我自己，也恨父亲。我觉得我的懦弱就是父亲造成的。

而我方才意识到自己捧着戒指，一句话都没说完就愣在原地。站在面前的小迪两颊绯红，她笑着露出期待的眼神等我说下去。她的笑比星空灿烂十倍，是我的……是我的生命之光，我的欲望之火，同时也是我的罪恶。我一直用老纳博科夫形容洛丽塔的这句话来形容小迪的一切。她不是洛丽塔，但她是我的全部。

“呃，我是说……”该死，这段台词我上个月背了一百遍，现在全忘光了，“是说，既然我们都在一起三年了……也该，差不多……嗯，你愿意嫁给我吗？”

她抿嘴笑起来。我读不懂她这个笑容。她一直让我捉摸不透，常常蒸发个几天，然后又若无其事地出现。但我很爱她，我希望她嫁给我后不会再无故消失。我紧张地看着她。

“你真傻。”她说，然后自顾自接过盒子，取出戒指戴上。随后，她把装戒指的盒子抛进海水中。我还没来得及诧异，她的双手一下环到我脖子上，踮起脚亲我。我们在海边搂到一起，幸福像海浪拍打沙滩一样温柔地冲击着我。

如今，这一切完蛋了，玩儿完了，没了。事实上，那之后，我再也没有见过她。我们前一天晚上还在海滨有落地窗的房间里温柔地拥抱，第二天醒来，她不在了。

二

电话铃声把我从回忆中惊醒。在这个世界上，会主动给我打电话的人加上老板不超过三个。

“喂。”

“小索。”是母亲的声音。

“嗯……什么事？”

“下次过年回来吗？”

“到时再说吧，不是还早吗？”

“工作很忙吗？多注意休息，别老加班。”

“休息，休息，休息！”我情绪激动起来，“想休息就能休息？天底下哪儿有这么好的事！您又不是不知道您儿子有多失败！该不该休息，老板说了算。我说了不顶用。”我克制地出言贬低自己，只有这样才能减轻我的负罪感。如果电话那头是父亲，我相信自己会说出更自暴自弃的话来。但是父亲不可能再给我打电话了。永远不可能了。

“我真不敢相信你会这么说。你以为这样就可以让那些发生过的事消失吗？你爸爸……”

“够了！”我打断她的话。我知道她是怎么想的，她希望我多回家陪她，但她恨我，然而，她内心深处又无法放下对儿子的爱。没有比她更矛盾的人了。她会主动给我打电话，嘘寒问暖，但说不了三句，她就会开始指责我。我受够了，我想，我永远不会再回家的。这是我之前发过的誓。

“好吧，随便你。”她叹了口气，“你真让我失望。”

“不劳您费心。”说完，我挂了电话。

我叫周索瑞。索瑞，念起来跟“sorry”似的。就像我的名字一样，我的后半辈子，不，是二十五岁的那个冬天之后的一生，都充满了抱歉、失望、痛苦、悔恨。但是，再倒霉的人，一生中也总有些值得怀念的美好时刻。这样的时刻值得每个人去偶尔回味，也值得像我这样的倒霉鬼沉溺其中。

所以，我迷上那个新奇的玩意儿并非偶然。

无论什么时代，酒精永远是失意者的选择之一。现在这个年头，人们有了更多的选择，但我像几十年前的老古董一样对酒精情有独钟。不因为别的，只是我害怕尝新，害怕改变。每个周末不用担心工作上的事儿的时候，我就会给自己灌上几杯，让自己醉得不省人事，暂时忘掉那些悲伤的回忆。

说起来，要说服我这个又软弱又固执又自闭的家伙去试试那个“新玩意儿”，这事儿绝对不容易。当时，我的头肯定被门夹了，或者是哪根筋搭错了，在阿伦不厌其烦的盛情邀请之下，跟他去体验了一把那个东西。

两百个消费点数一次，每次三分钟。这个价格不算便宜，但还在我能承受的范围之内。那家店看起来很普通。阿伦带我推门走进去，跟吧台的收银员说：“开两台机子。”

“您好，一共是四百点。”

阿伦掏出城市一卡通，在电子终端上刷了一下，示意收银员全部算在他账上。阿伦是公司里的小白脸，那天我在酒吧独自喝闷酒时，无意中看到他跟老板的老婆腻歪在一起。

我终于明白他为何这么殷勤了，他是想探探我的口风。他讨好地冲我笑笑，“瑞哥，你去试试，包您满意。”那浮夸的笑容挂在他脸上，嘴都要咧开了。我有些反胃，不过看在有人付钱的分上，并未多说什么。

本以为是类似于全息 4D 游戏机的设备，一人一个小操控间，进入游戏去体验主角的冒险。疼痛感能真实地在肉体上有所反应，在这个麻木的年代，人们追求刺激。但我想错了。推开隔间的拉门，这里并排摆着十几台像是医院里的检查设备般的机器。一把躺椅，躺椅上连接着很多电缆，电缆终端会夹戴在体验者的身体各部位。还有一个头罩。我看到有一个中年男子正从躺椅上坐起来取下头罩，他脸上满是泪水，表情里却没有一丝悲伤；相反，他看上去十分幸福。

“这个是干吗的？”对一切兴味索然的我此刻好奇起来，但新事物也总是让我胆怯，“坐上去会发生什么？”我问阿伦。

“你试过就知道了。相信我，你绝对会觉得它棒极了。”阿伦眨了眨眼。

“你确定只有三分钟？”

“是的，只有三分钟。但是，你会感觉过了很久。你在那上面感觉到的时间和现实里不一样。”

“是备受煎熬的感觉吗？”

“不是，我保证。”阿伦说着，就自顾自地选了一把空着的躺椅坐上去。一名服务生立即走过来，帮他把那些电缆夹戴好，指头上，胸部，颈部……有些像做心电图。“你别愣着，挑一个坐上去就行了。”他冲我说。

“我还是先看你做一次再说吧！”我谨慎地回答。

“好吧！”阿伦无奈地摇摇头，然后迫不及待地把脑袋伸进头罩里面，舒舒服服地躺下。三分钟很快就过去了，我看不出发生了什么。

他取下头罩，脸上的表情和之前那个中年男子一样，就像在蜜罐里泡了一个月。“喂，这到底是怎么回事？”我走上前问他。

他好像沉溺在自己的思绪里，一时间没有理会我。“喂。”我挥手在他眼前晃了晃。

“真是……真是太好了。”他捶了一下椅子，仰起头努力不让泪水流出来。我站在一旁，默默等他缓过劲儿。过了好一会儿，他才重新侧过脸看我，真诚地说：“瑞哥，你一定要试这个。没有试过的人永远不会知道这种感觉。”

当然，在他取下头罩的那一刻我就已拿定了主意。我想知道他们究竟体验了什么，才能在这个漆黑一片的世界里露出那种幸福满溢的表情。我学着他的样子在躺椅上躺好。

准备就绪。

三

我就要死了，然而我不记得发生了什么。我设想过很多种死法，酒精中毒，坠楼，车祸，绝症……不管怎样死去，我都可以接受，生无所恋。但是，该死，我不愿意这样不明不白地死掉。我意识到自己即将在永恒的黑暗中睡去，惶恐像藤蔓一样从心脏里长出来，缠绕住全身。我动弹不得，脑海里的一道暗门像是打开了。

那年我五岁。印象里，这是第一次全家人聚在一起为我庆生。母亲做了一顶滑稽的寿星帽戴在我头上，父亲捧出我最爱的新鲜水果蛋糕。蜡烛插在蛋糕上，一根、两根、三根、四根、五根。它们挨个儿被父亲点燃，在故意调节到最暗一挡的灯光中散发出柔和而温热的火光。我的礼物是一只太阳能蓄电的机器驯鹿。它很小，和一个五百毫升的水杯差不多大。“它是个智能机器人，能陪你聊天解闷。”父亲说道。我听后，试着对驯鹿说:“你好。”它立刻也说:“你好。”我被它可爱的模样逗乐了，咯咯地笑个不停。我接连不断地朝它提问，它总是对答如流。父亲把相机固定在三脚架上，按下延迟拍摄按钮。他跑到我这边，和母亲分别在我两侧搂着我，我则搂着那只驯鹿。咔嚓。后来，这张照片一直挂在家里玄关的墙壁上。这只驯鹿也成了我整个人生中最好的朋友。

我在十六岁。以前我从来没参加过什么学校里组织的篮球赛，作为班上外号叫“Sorry”的、一个永远都在出糗的人，班级组建篮球队时，我没好意思报名。我像个小丑一样突兀地存在于这个班级，什么事都没我的份儿，只能作为所有人的笑料。其实，我篮球打得不错，爸妈出去工作的那些日子，我总是在院子里投篮直到筋疲力尽。那个篮筐是父亲装上的，固定在一棵很高的大树树干上。我运球，上篮，起跳，抛掷。这一套动作，我闭上眼睛都能记得。篮球比赛的前一天，回宿舍后曾恒问我:“喂，Sorry！你报名篮球赛了吗？你不是经常在院子里投篮吗？你应该很喜欢打篮球吧？”他说这些话时脸上泛着油腻的笑容，我心底生出难以言说的厌恶。我懒得理他，只摇了摇头。他嘿嘿地笑:“我就知道，你爸给你安那个篮筐只是摆设。哈哈哈！”第二天大清早，我找到体育委员说我要参加班级的篮球队。体育委员看了看我，忍住没笑，让我当替补队员。幸运的是，比赛还剩两分钟时终于轮到我上场。可女生们看着曾恒潇洒的姿势哇哇尖叫，班队的四个人配合着，我是多余的那个，没有谁传球给我。直到最后三秒钟，我们班落后一分，曾恒跳投未中，我一跃而起抢了篮板，再跳，稳稳地把球扣进篮筐里面。然后，我们班赢了。先是不明所以的沉默，随后，人群中爆发出一浪高过一浪的欢呼声："Sorry！Sorry！ Sorry！ Sorry！"班里的同学拥上来托举起我，一声盖过一声地叫喊着"Sorry"。"喂，能不叫Sorry吗？"我说。但没有谁听到，他们仍旧叫着"Sorry"。我又气又急，却发自内心地笑了。

然后，我在二十一岁。那天我第一次见到小迪。十二月落雪的大学校园，我抱着资料匆匆赶去大教室听一场讲座，不小心跟一个人撞了个满怀。是个女孩儿。她穿着黑色呢子裙、长靴、红色大衣，在雪地里显得生机勃勃。"对……对不起。"我有些结巴地道歉。她没有回话，我虽低着头，却感到她在打量着我。过了一会儿，她说："我叫小迪。请问，今天是哪一年、几月几号？"我这才抬头看她，她眉清目秀，巴掌大的小脸要被戴的那顶狗耳朵帽全给遮了。她说的这几句是最近很流行的开场白。那些追看时空穿梭电视剧的青年们爱用这套话。我耸肩，一副对她这套说辞了然于胸的样子，没有接茬儿。但她似水般的目光让我感到眩晕。

"哪，这是我的手机号。"她在一张纸片上写了一行数字塞到我手中，"打给我！"她一边离开，一边回头嘱咐，我木然地点了点头。她走起路来一跳一跳的，就好像我的驯鹿。

然后，是的，然后我在二十五岁。这一切是多么真实啊。可以触摸到的小迪，她的皮肤还是温热的。海浪的声音甚至引得我的鼓膜在轻微震动。她接过了戒指，说“你真傻”。她说话的气息舔舐着我，痒酥酥的。戒指套在她的手指上……

哔——

一声刺耳的长响。所有画面消失了，声音消失了，气息消失了，触感消失了。世界黑屏了一会儿，我的呼吸才逐渐平缓下来。我动了动手指，摸到的是器械、皮具、线缆。

噢。我回想起来了，于是伸手摘掉头罩，眼泪……根本止不住。我知道这些机器是怎么回事了。它们真棒。

一切不需要言表。我知道阿伦介绍给我一样好东西。我拔掉身上的电缆，缓缓从躺椅上下来。我们没有说话，沉浸在各自最好的回忆里，并肩往回走。分别时，我终于开口道：“那个——谢谢！”

“没什么。我知道你会喜欢它。对了，那天在酒吧……”

“酒吧，什么酒吧？”

他拍拍我的肩，发出爽朗的笑声。

四

濒死体验机。那玩意儿就叫这个名字。戴好头罩、夹上电缆后按下启动开关，一个死亡信号就会发送给大脑。大脑以为机体正在死亡，于是启动濒死机制。各种辉煌的记忆涌入脑海，带给人的体验比目前最高端的技术还要逼真。

我不用再苦苦回忆，不用为记不起当时的某些细节而懊恼，不用抱怨回忆无法让我身临其境，也不用为回忆时想起的那些不愉快事件心酸。在濒死机制中，人所体验到的都是往事里最好的部分，那些痛苦的会被大脑自动过滤掉。我每个周末都去那台机器上待三分钟，后来发展为一周去两次。现在，我开始攒消费点，打算买一台那种机器回家。

电话铃响起来，很准时，我和母亲每月都会通话一次，在第一个周六晚上八点。

“喂。”

“小索。吃饭了吗？”

“嗯，吃了。”

“上次说的过年回来的事……”

“您也知道，我很多年不回去了。我觉得您还是不要见到我比较好，免得又生气，伤了身子。”我故意讽刺道。那时候，我要和小迪结婚，父亲不同意。因为小迪有点儿奇怪，但我知道，这不是她的错，这全怪我。

她消失后的最初那几天，我以为和往常一样过不了多久她就会重新出现，于是还满怀希望地在家里等着。时间过去一星期，一个月，半年。我终于相信她不见了。我发疯般满世界跑，但根本捕捉不到她的影子，还丢了工作。家里收容着我。

“我生气，还不是因为你找了那个……”母亲嘴快，但即将说出那个名字的一刹那，她还是收住了话头。小迪是我家的禁忌，他们不愿意提起她。家里收容我的那些时日，父亲帮我忙活着找小迪的事。虽然他不喜欢她，反对我们结婚，但他总是帮我擦屁股，用他特有的那些窝囊又温和的办法帮我收拾残局。他没有责备我，而是联络了报社里的“老朋友”，让他帮忙刊登寻人启事。我知道如果不是这件事，父亲本来再也不愿意联系那个人的。他为了我跑东跑西，后来有一天……

“是的，都怪我，全怪我！如果爸爸不是去帮我找她，那天就不会出门，也不会穿过那条马路，更不会遇上那辆开得飞快的车子！”我一边喊，一边哭了出来，“我知道这怪我，但是妈妈，这能成为你恨我到现在的理由吗？我不是故意的啊，我也爱爸爸。”

“你别说了。”电话那头的母亲开始小声抽泣，她很爱父亲，虽然我不能感同身受，但我猜，或许就像我爱小迪那么爱。父亲死后，她每天除了哭就是抱怨连连，从头到脚地指责我。我和母亲都是失去爱人的可怜的人儿，我俩各自的生活都毁了。她一看到我就会想起自己有多么糟糕，我看到她也是。所以，我从家里搬出来了，再也没有回去过。

“是啊，最好咱俩都别说了。每次打电话都没什么可说的，为什么还坚持打呢？我看以后把这笔电话费也省掉得了。”

我说出这些话，心里有些酸楚但又带着一丝奇异的快感，我真是窝囊。我想起高中班里同学给我取的那个“Sorry”的外号。我恨死了这个外号，就像我恨死了总是叫着我这个外号、在我面前晃悠来晃悠去的曾恒。

他躺在宿舍床上昏天暗地地玩着平板游戏机，十根手指灵巧飞舞，眼睛不曾离开屏幕一刻，嘴上嚷嚷着："Sorry，你帮我去食堂带份饭，饭盒在我桌子上。记得让打饭的师傅给饭盒套个塑料袋儿！要汤汁多的菜，能拌饭吃的那种。两荤一素，不要带鸡肉的，我不爱吃鸡。最好有牛肉和猪肉……"

他一副又心急又不耐烦的模样，翻箱倒柜地掏出皱巴巴的作业本："Sorry，你作业写完了吗？快借我抄抄。什么，你才写了这点儿？你每天都干什么了啊。算了算了，这点儿也拿来吧，我先抄上。"

他把我正在复习的资料拿开，脸上满是讨好地凑到我跟前："Sorry，你听到我说什么了吗？明天的考试我还没复习呢，看你这么认真，肯定都会了吧？你做题时记得把卷子摊开，让我看看，别忘了啊，全靠你了哈！"

他换好运动衣，抱上足球就要跑出去，像想起什么似的又回头冲我说："Sorry，我突然想起来有个女生约我说有话要跟我说。我这儿要去打球了，也走不开，你帮我去跟她说声，在出校门左转，第一个路口再左拐，往前走有家卖运动器械的店里。快去，要不就来不及了。就跟她说我对她不感兴趣就可以了。"

……

面对这些自以为理所当然而颐指气使的要求，我从来没有说过"不"。

因为，不管我承不承认，曾恒是我中学时代除驯鹿外唯一的朋友。

五

二十五岁的那个冬天，我从家里逃出来，流落他乡，租了一个小单间。单间里的一切设备全按最简陋的来，没有全息游戏机，没有4D投影仪，反正没有一切令上班族和年轻人着迷的玩意儿。现在我却要添置一副古怪的器械。其实，它比游戏机还便宜一些。

搬运工抬着它走进来。我在客厅里随便挪出个空地。“喏，就摆在那儿。”我指挥着。他们帮我安置调试好，然后拿出订货单让我签字，“一共是六万九千点。”我点点头，掏出城市卡在终端机上刷过。“嘀”的一声，我看到卡里的数字迅速减少至只剩零头。管他呢。

那些人走后，我迫不及待地躺上去。很快，我又一次被真实的往事淹没了。

我在二十二岁。我第二回见到小迪。她照样穿着那件红色大衣，一跳一跳地朝我迎面走来。上回她给我留了电话号码后，一开始我们还打几个电话闲聊几句。后来，她那个号码就打不通了。我想，她不喜欢我。我脸薄，这回只好低着头，假装没看到她。

“喂！”我听到她的声音。

看了四周一圈，才确定她在叫我。我假装刚看到她：“哎呀，是你！”

“太好了，我第二次见到你……第二次。”她喃喃地说。也是冬天，她搓着手取暖。

“外面真冷。呃……要不要去喝点什么热的……啊，我是说如果你没有空就算了。如果你忙……”我试着邀请她，却语无伦次。

“是啊，真冷。你手冷吗？”她说着，一下子就拉起我的手，动作自然而然，“你的手也挺凉的。”这个拉手的动作，像是她只想感受一下我手的温度，但她并没有松开。

这时，我浑身的感官，便只剩下这一只被她拉着的手。

“去喝点儿什么，走。”她拉我朝一家咖啡店走去，我们走得很慢。我一直在感受手中握着的那只属于一个女孩的，柔软的手。每个指节都是那样清晰。

“你喜欢我是吧？你惦念着我，一直没有忘记我。”她这么对我说。

不过，我一时没回过神：“嗯，你刚刚说什么？”

“嘿，没什么。”她缩了缩脖子。

其实，我应该是听见她说什么了。她这么说让我感到奇怪，我决定要倾尽勇气，主动一些，“是的，我一直……一直都很想你。”

“所以我们才能再次见面呀！”她一点儿也没有害羞，大方地对我说道。

我不明白她的意思。

但我们就这样在一起了。她在厨房里给我烤芝士培根薯饼，她说那是她从网上学来的做法。为了做这个，她还买了台便宜的小烤箱。她邀请我去她的公寓，我坐在她小公寓的客厅里，可以看见进门的厨房。我一边看电视一边看她。下午的太阳穿透窗户照射在厨房里，她的身子镀上一层白色，好像要融化在光里，像曝光过度的照片。整个房间里都是芝士的香味。

……

我取下头罩，扯掉电缆，重新回到沙发上发呆。让芝士的香味弥散得久一些，再久一些。啊，我早该猜到是这样。她常常无故失踪个一两天，一开始我以为她在忙工作上的事，也就不太在意。直到有一次，她与我失去联络有一周之久。

“你都去哪儿了？七天！我七天找不到你。”

“我跟你说过，可你从来不信。你以为我是那些追看连续剧的小青年，说的是电视里司空见惯的台词。但我说的是真的。”

是的，她说过。她说，她是以波形态存在的。我们平常人是粒子形态，我们按部就班地一天接一天、一处接一处地连续出现。但她不是。她居无定所，出现在这里，出现在那里，出现在未来，出现在过去。

“你是说时空旅行者？很好。可为什么每次你出现的时候，没有变得比正常的更老或更年轻？对吧，电视上都是这么演的。”

“因为电视上全是瞎编的，而且我要重申一遍，我不是时空旅行者。我只是无法连续出现。我之所以能再次出现在你身边，只是因为你想着我，观察着我，让我的波函数坍缩了。而你一旦注意力不集中，我就会消失。”

“哦。”我有些沮丧。因为我不太懂她说的，甚至，不太相信。可我别无选择。我之前从没想过能找到像她这样好的女朋友，我离不开她。不管怎样，只要她还愿意在我身边就很好。

“所以你听好了。”她正色道，“如果我消失，不是因为我不爱你，是因为你不爱我了。至少说明你有段时间没怎么注意我。”她凑在我脸前，一字一顿地说。在我开始感到事态很严肃时，她又扑哧一下笑出声，“傻。”她说，然后刮了刮我的鼻子。

我分不出真假，但还是被她的这种说法震住了，甚至为之前那几次她的短时间消失而感到抱歉。我抱着她喃喃地说：“对不起，小迪，我不会再让你消失。”

六

前面说过，她消失的那天没有任何征兆。我刚向她求了婚，在心中发誓要一辈子只爱她一个。但她还是不见了。

我在家里等着她回来，等着她像往常那样再一次出现。有时去便利店帮母亲买日用品时，我会在街上遇见曾恒，他还是那么爱护自己的发型，像个二百五似的手插屁股兜儿里，仰头走路。这年头不流行他这一款了，他一直没找着女朋友。他现在在社区服务站当维修工，每次不期而遇，他都兴奋地冲我打招呼：“喂，Sorry！”我很讨厌听到他这么叫我，只能脸上红一阵白一阵地点点头，算是回应。“你之前那个小美女女朋友呢？好久没见你带她回家了啊！”他嬉皮笑脸地问。我白他一眼，自顾自地默默走路。

那个早晨，父亲说要去报社，问问“老朋友”寻人启事的事儿怎么样了。这段时日我已经有种预感，小迪再也不会回到我身边。父亲穿上马甲，又套上大衣，围了围巾，戴好帽子：“我再去问问，等我的消息。”他一边换鞋一边说。他手扶着玄关的挂钩，有些站不稳。换好鞋后，他拉开门把手，一阵寒风灌进屋子，外面天寒地冻。我目送他下至楼梯的转角，又回到卧室站在窗户前看外面的马路。没多一会儿，他踽踽独行的身影从楼道口出现，出了院子大门，朝马路对面走去。那辆车就是这时开过来的，只一瞬间，一阵刺耳的刹车声后“砰”的一下，再看就是父亲倒在几米开外的画面。

“妈。”

母亲正在忙里忙外地做着家务：“你爸都出去帮你找小迪了，你就不能消停会儿？有什么事儿自己解决，别老叫我。”她不耐烦地说。

“妈，爸他……我下楼看看。”我往出事的地方跑，父亲一动不动地躺在地上。过了一会儿救护车来了，两个护士抬着担架下来，一个医生下来检查了一番，摇摇头，说是已经当场死亡。救护车开走了，父亲的尸体以一种奇怪的姿态躺在坚硬的地面上。这时，母亲才知道发生了什么，哭着喊着挤进人群。

三天后，我们在小区设了个小灵堂，给父亲举办葬礼。为数不多的几位友人前来凭吊，曾恒也来了。母亲一直哭，我哭不出来，只是坐在灵堂口的一把小椅子上，漠然地看着这些或真切悲伤或假惺惺的人。曾恒站在我身边拍了拍我肩膀:“节哀顺变。”他说。我仍然呆望着空气中的一个点，没有做出反应。“你应该振作起来好好生活，别再让你妈操心了。”他见我不接茬儿，又继续说，“这几年有一大半时间你都去读了书。我高中毕业上了三年技校就做了维修工，经历的事情比你多，你应该听听我的。小迪那样的女人我见得多了，她就是逗你玩玩，没安什么好心。你犯不着把她放在心上，把生活搞得乱七八糟……”

我不习惯曾恒用这种语气跟我说话:“你懂个卵！少在这儿跟我搞这一套！”

想起的却是高中那一年，我路过球场，有一伙高年级的学生在踢球。球飞出场地，滚到我脚下，我正在想问题，就没理会他们让我把球踢过去的请求，一脚把球踢到另一边。这个举动惹恼了这伙学生。他们一拥而上把我围在中间，狠狠推我。一个踉跄后，我摔倒在地，眼看他们的拳头就要砸下。这个时候曾恒过来了，他认识这伙踢球的人，打点了几句，赶紧带着我走了。

我省了大半学期的钱，想要买一个迷你游戏机。后来，在网上找到一家店，价格比其他地方便宜许多。我把钱打给他们，收到的货却是旧一代的玩意儿。我本来都想认栽了，曾恒却义愤填膺地说:“不行！哪儿能便宜了那些无良商家！”他打了不少投诉电话，又去各大网站曝光店家的消息，最后终于搞得他们受不了了同意退货退款。我拿到那笔钱，还来不及感激，曾恒立马觍着脸说:“Sorry，你要怎么报答我的大恩大德啊？请吃饭肯定是逃不了的，其他的我再想想，嘿嘿！”

他每一次喋喋不休的面容和眼前这张脸合二为一，他不在意我冲他发火，仍旧吊儿郎当地说着：“你的心情我是理解的啦，但你就听哥一句劝，看开些……”

“你让我静一会儿。”我推开他，仰在椅子上，注视着灰蒙蒙的天空。母亲的哭声像利刃般一下下割裂着沉默的空气。为什么生活是这样的呢？

后来，母亲整日以泪洗面，一逮着机会就责备我。我把心里的苦闷跟驯鹿倾诉：“爸是为了帮我找小迪才去世的。可我直到现在也不知道小迪在哪儿。甚至分辨不出……她说的那些话，有没有骗我。”驯鹿反应了有一会儿，然后说：“听起来很糟糕。”听到它的回答，我舒了口气。我不需要那些自以为是的劝慰，只希望有个什么人或机器人之类的能听我说说心底的话。“是啊，很糟糕。我不知道该怎么办。”我慢慢讲述着那些一段段悲伤的经历。

这次我没听到驯鹿的回应。母亲冲进了屋，一把抓起它砸在床头上，它当时就坏了，发出吱吱的杂音，母亲又把它扔出了窗户：“这么大个人，出了什么问题不去担起来，倒跟一个机器人说！”

我看着眼前这个陌生的女人，有些事情把我们每个人都改变了。令人难以忍受的沉默持续了半晌，我才开口道：“您说得对，我什么问题都解决不了。您的生活全是被我毁掉的，对不起。”

我从家里搬了出来，一个人在遥远的城市工作。阿伦把濒死体验机介绍给我……濒死体验机。

七

我睁开眼，像是从一个很长的梦中醒来。

“醒了，醒了，病人醒了！医生！”一个声音像在另一个世界惊喜地喊着，由远及近，直至近到耳边。视线逐渐对上焦，母亲流着眼泪说：“小索，你醒了。太好了。”

“我……”我静静躺着，回想之前的事。我躺在濒死体验机上，后来的事就不知道了。

“妈。”我想动一动，但怎样都使不上劲，这让我焦急万分。

母亲看了看我的身子，重又往上移，直视我的眼睛：“醒了就好，哎。”

“妈，我怎么了？”

“那天给你打电话，好几次都没人接。我越想越不对劲儿，等赶到你这儿找到你时，你已经在那个什么椅子上躺了两天两夜。怎么这么不小心？医生说……说你不会再醒了。”她别过头，抹着眼泪。

“不是说不要再打电话了吗？”我鼻子发酸，却说出这样一句话。

“我不给你打电话，谁管你？你早死在屋里了！”母亲说。

她用这种语气跟我说话，使我很放心。我回味着之前那个冗长的梦，原来真正的濒死是这样的感觉。梦中哪些部分是真的呢：“妈，那小迪到底……”

这么说的时候，我的视线的余光透过监护室的玻璃墙，看到外面走廊上一个穿红色大衣的身影闪过，我想追上去，但动也动不了。算了，如果是她，总会再遇到的。母亲没有接我刚才的话头，平复了一下情绪说道："以后只剩我们俩了，别折腾了，好好活着吧！"

"妈，我还是想出去看一看。"刚才那个身影让我耿耿于怀。

母亲的视线又往下移，看着我的身子，像受到什么刺激似的，她突然双手掩面，痛哭失声。我这才明白了什么："妈，我是不是……动不了了？"

"嗯，医生说你的大脑以为自己已经死了……不过，既然能醒过来，行动什么的，也应该可以慢慢恢复吧！"

原来如此。我安安静静地睁眼躺在病床上，说不上悲，也并无喜。

母亲仍旧认为小迪是一个坏女人，但我选择相信小迪说的话。不管怎样，我们不提起她就行了。我们会好好生活。一直一直这样下去。

潜入贵阳 / 凌晨

时空裂缝中的两难困境

贵阳，简称“筑”，中型城市，位于东经106°7′、北纬26°5′，海拔高度2100米，四季如春，气候宜人。贵州那“天无三日晴，地无三分平，人无三分银”的说法，早已是过去时。近年来，贵阳作为西南旅游中枢深受中外游客的欢迎。

放下《贵阳简介》，青年男子将目光投向窗外。那里是阳光灿烂、云海茫茫的世界，与他来的地方有几分相似。但到底相似在哪里，男子说不上来——也许只是记忆中一些模糊的影像轮廓，让男子觉得亲切而已。其实，亲切这种感觉对他完全没有必要，男子很清楚。

“还给您，您的身份证。这是办好的健康登记卡。希望您在贵阳旅行愉快。”空姐的声音打断了他的思绪。他接过对方递来的信封拆开。信封里，米色身份证和橙色健康卡上自己的大头照片呆滞无神，模样却是一丝一毫没有差错。他望着那两张白痴样的脸，以及照片下姓名栏内铅印的“雷宇”二字，一时出神。

“有问题吗？”空姐殷勤地问。

“不，喔，没有。”那叫雷宇的人抬起头，表情温和，“还有多长时间到贵阳？”

“还有 25 分钟。”空姐微笑道，“贵阳正在下雨。不过您别担心，机场会为您提供雨具。”

“谢谢。我第一次来贵阳。”雷宇礼貌得无懈可击，“听说这是座迷人的城市。”

空姐脸颊微微一红，“我为这座城市骄傲。希望您也和我有同感。”

“到贵阳您是旅游还是商务啊？”雷宇邻座的人问。

窗外的阳光忽然隐没，云团完全遮住了视野。“找人。”雷宇回答，声音中的寒意无法抑制。

问话的人不禁向外坐了坐。

上　48 小时的任务

一

飞机果然在 25 分钟后准点到达贵阳龙洞堡机场。从空中俯瞰机场，云贵高原那令人心醉的绿色像被打上了黄褐色的补丁。为了修建机场而炸平的十余座山头附近，乱石嶙峋，植被稀少，仿佛破衣褴褛的乞丐裸露在天空下任凭日晒雨淋。机场本身却鲜亮精致，候机大厅洁净的大理石地面可做镜子。

雷宇往这镜子里瞅了瞅自己：高个子、身材结实、俊朗的面孔、阳刚气息显著，这形象应该是令人赏心悦目的。人？雷宇在心中默念了几遍这个字的发音，“人”真是个奇怪的字眼。他向大厅的时钟墙望去——7:30。雷宇迅速换算了一下时间单位，他还有 46 个本地小时。

对于身手一向敏捷的他，执行这个简单的任务，48 小时应该绰绰有余。

雷宇理理稍乱的头发，朝总服务台走去。值班的年轻女子立刻起身。随着他的走近，女子喉部抽动，脸部肌肉明显紧张起来。

“您需要什么？”女子上唇的一颗小小黑痣，给她青春的面容增添了几分俏丽。

从雷宇一米九二的高度俯瞰，那女子堆在脸上的殷勤不过是一堆过剩荷尔蒙制造出的脂肪。“我想要一本《贵阳自助游手册》，有这样的东西吗？”他问。

女子立刻拿出一本牛皮纸封面的精美印刷品，放到他触手可及的柜台上。“当然有，先生。”她努力将每一个字的音节都咬准，普通话说得越发艰涩。

雷宇拿起手册，道了声谢，附赠上微笑一个。

女子的呼吸顿时乱了，急忙低下头去。

候机大厅外果然淅淅沥沥下起了雨。

雷宇将手册塞进风衣宽大的口袋，提起公文箱。他刚要推开大门，斜刺里突然伸出一只白手套挡住了他。雷宇心里一紧，顺着手的方向看——其他旅客都是通过一个门框状安检口走进雨中的。

门框伫立在大理石地面上，影子与正身组成L形。在四周无物的空间中，这L生硬且僵直。雷宇盯着它，内心深处涌起极其厌恶的情绪。他走了过去。门框中的温度感应器立时响声大作。门边两个白衣装束的检查员凑过来。

“没事没事，上飞机的时候还好好的呢，可能太紧张了。”雷宇笑，“我再走一遍。”他退回去，深呼吸，放松情绪，然后走进门。

感应器这次没有任何响动。

两个检查员如释重负，既像是对自己又像是对雷宇说：“没事就好。你知道现在是非常时期，我们不能不谨慎。”

“我明白。”雷宇点头。整个国家都在遭受着瘟疫的折磨，非瘟疫地区自然要如临大敌。幸而他的出发地点不在疫区。

门后办公桌上的灰色机器吐出一张肉色卡片。检查员熟练地撕掉卡片上的护膜，抓住雷宇的左手腕，“啪”地用力一拍就将卡片贴到那里。雷宇只觉手腕处被无数细小的针扎了一般，一阵酥麻，但很快就麻木了，对凭空多出来的那片东西没了知觉。

“抱歉，我们必须对每一个到贵阳来的人实施健康跟踪。请理解我们在非常情况下的这种非常手段。”检查员的措词虽然礼貌，却透着无法抗拒的威严。雷宇默默接过另一个调查员递上的资料袋。他背后有人歇斯底里地大喊:“这东西安全吗？你们能保证它是无菌的吗？万一我的健康因为这个监视器受到损害，你们如何赔偿……”

雨比刚才大了很多。不时有密集的雨点冲进门厅，撞到旅客的身上，被衣物吸收。雨点消失了，水分子渗入衣物的纤维，加速纤维的老化。然后，衣物会被粉碎为浆，制造成纸。纸被使用，被回收，被粉碎，直到无法再次利用被埋入垃圾场。土壤和微生物对纸屑进行处理，将其中的水分子蒸发到空气中。水分子被云层吸收，演变成雨，完成这个复杂漫长的循环。雷宇掸掸身上的雨珠，万事万物之间都存在千丝万缕的联系。一个平衡打乱了，就一定有另一个平衡代替它。

自己就是冲进贵阳的一滴雨珠，将在某种程度上扰乱它的和谐。

雷宇挺直背，走向等待在门厅外的出租汽车。那司机站在半开的车门前，满脸职业化的亲切笑容:“您要去哪里？”

二

出租汽车驶入隧道，投在窗户上的阴影让雷宇想到了机场的那扇门，多少有些不舒服。他打开资料袋，里面有一张贵阳市地图，一份健康跟踪说明书，一套包括洗浴、理发、餐饮、住宿、电影的贵阳生活优惠券，以及一把折叠雨伞。

“每个到贵阳的人都能得到这些？”雷宇拍拍袋子，“你们太好客了。”

“啊，不，瘟疫开始以后才这样。来的人少了嘛，都是贵宾。你对健康跟踪有什么看法？别的城市没这样的吧？”出租汽车司机的普通话非常流利标准，礼貌得也恰到好处。

雷宇抬起手腕，跟踪卡已经完全嵌进了肉里，与皮肤浑然一体，看不出痕迹了。

“你现在的一举一动都在他们的监视仪上呢！”司机说着做了个鬼脸，“你可得小心。”

“他们是谁？”

司机耸耸肩膀，那意思是这你还不知道吗？就是他们呗！隧道尽头竖立着“市区十千米”的标志牌。“你现在决定了去哪里呢？”司机有些不耐烦。

“化龙桥。”雷宇不假思索，地名脱口而出。

司机的表情从诧异变为迷惑，随即恍然大悟：“嗨，你以前来过贵阳？”

“没有，这是第一次。”

“那你怎么知道化龙桥呢？本地人都不见得会晓得那地方。而且那里现在修路，附近都过不去。”

“你去不去？不去我就换车了。”

“去得去得。”司机那一迭本地口音冒了出来，余光落在袋子里的优惠券上，“这么多你一个人也用不完，不如分一点给我吧！”

“都给你。”雷宇将优惠券扔在驾驶台上。

“你要是用车以后还找我吧，我给你优惠。”司机加快车速，雨水被甩向车后，形成一道银色的帘子。

雷宇捡起健康跟踪说明书。书上一再强调健康跟踪是于己于城市都有好处的事情，希望得到使用者最大限度的配合。“跟踪装置具有最强的灵敏度，在任何情况下都能保持良好的工作状态。当您离开本市的时候，交通部门将使用专用设备为您解除该装置。个人试图解除该装置不但对身体健康有影响，还将因违背城市管理条例而被处罚。”说明书的最后用黑体字印刷着这样的字句。

“他们正在监视仪上注意着你的一举一动。”

雷宇心里咯噔一下子，像有什么东西丢掉了——那应该是对这座城市最初的善意吧。从此不可不防。城市如同陷阱，早就为每个外来者布下了天罗地网。虽然他只是来执行一个与城市本身毫无瓜葛的任务。

速战速决吧！在“人”的世界里还是少停留为好。抚摸那被注册了的手臂，雷宇嘴角现出几丝不易察觉的冷笑。

三

雷宇到化龙桥时雨已经停了。乌云之中透出几缕惨白的阳光。有风从阳光里倾泻而出，将桥下污泥中的潮腐气息带到桥上。雷宇调整呼吸，靠近桥栏。石制的栏杆光滑细腻，栏杆下部和这城市里许多建筑一样生了碧绿的苔藓。雷宇抹开一片苔藓，果然看到那行刻入石头三分的字迹：“民国二十六年七月立桥，跨贯城河，黔灵东路始通。”

那个他要找的人，应该就在这附近的某处居住。

雷宇向桥下看。河水几乎干涸了，这是因为上游修路而围堰的缘故。条石垒起的河堤上，也是苔藓丛生——绿得仿佛是特意加在那石条上的装饰品。时空就从这绿上泛滥开去，渐成无限。雷宇肃然，上面派他到贵阳来找那个人，也许还有让他体会时空玄妙的另一层含义。

在这之前，他对时空的存在总是漫不经心，就如对自己的存在那样的无所谓感觉。

事物只有拉远一点儿距离，有疏离感的时候，才能比较真切地感觉到它的重要。所以，到贵阳来与其说是找那个人，不如说是找回他自己吧！上面就是这样刻意安排的吧？

当然，他现在不可能理解上面的意图，以后也不会有谁向他解释上面的意图。一切只有依靠他自己判断。其实做出什么样的判断并不重要，重要的是完成这个任务的结果。

雷宇擦干净手上的苔藓，走向桥东的十字路口。就像从地下冒出来似的，那里突然之间就挤满了各种水果蔬菜摊贩：李子、葡萄、地瓜、荔枝、桃子、西瓜、小葱、土豆、折耳根、空心菜……将雷宇的去路截断了。雷宇只好买了 5 角钱的细葱，塞进资料袋，和健康跟踪说明书、自助旅游手册混在一起，勉强从人群中挤出一条路。

路口往北是陕西路，两旁原有的半西洋式建筑被蓝白编织袋的围幔遮盖；路面挖开的沟渠里，两个人正在调试一台抽水机。没有围幔的房屋上，到处是被白粉笔圈起来的黑体的“拆”字。

雷宇小心地绕过水洼和泥坑，顺着陕西路往北走。几分钟后他就看到路东侧的虎门巷。巷子口的朝向和法式三层老楼与他记忆中的相同，但巷口南边的一片木制房屋荡然无存，取而代之的是3栋7层板楼。

雷宇在巷子口停下脚步，有些犹豫不定。法式建筑底层的杂货铺依旧，卖杂货的男人也还在，只是头发几乎都掉光了，这让他有一种人到中年的落魄颓废之感。高高的玻璃柜台和那盛放糖果的玻璃罐子一如往昔。雷宇脑海中闪过“一如往昔”这几个字，立刻意识到这感怀不应该存在，毕竟自己是第一次到这座城市——虽然，在他的记忆库中，那些糖果的滋味一清二楚。

上面给的资料有什么地方出问题了。

四

遇到问题时，冷静分析和做出正确决定并为之积极努力，这是上面给雷宇的评价。但雷宇认为，此评价与其说是夸赞他的能力，不如说是为了掩饰上面派发任务的草率和仓促。当每一个任务都关乎个体生死，他能不尽最大努力去完成吗?

比如现在，48小时之内他若找不到那个人，他就无法回到自己的世界中去。对于不能按照合同规定完成任务的雇员，上面是没有同情心施予的，一律抛弃在时空的海洋之中任其自生自灭，还美其名曰“奖惩分明，且节约任务成本”。据说，被抛弃的那些雇员因为任务对象的模拟体对任务环境的认知有限，又无法获得本体的认知经验，下场都很悲惨。具体如何悲惨，雷宇不得而知，除非他任务失败，留在了贵阳。

留在这里？雷宇环顾四周：茂密的常青藤盘旋在法式爱奥尼亚的廊柱上，从写有理发店、小吃铺、手机专卖、蛋糕房、打字复印等字眼的店铺招牌上延伸过去；艳丽的粘贴画出现在这些店铺中间，“云岩区普陀街道办事处”的白底黑字招牌朴素得最为醒目。

雷宇摇头，贵阳是一个陌生而复杂的所在，与他的审美情趣相差甚远。上面肯定知道这一点，所以才放心让他前来。

“有百香果吗？”雷宇走进杂货店询问。这应该是一种草绿色清凉的圈状软糖，5 分钱一块。

中年人正专注地看电视。20 寸彩色电视机放在货架顶上，图像还算清晰——几个梳二把头的年轻女孩子和几个留辫子的年轻男孩子在里面哭哭啼啼，间或还慷慨激昂地辩论。雷宇提高声音，又问了一遍。

“那是哪个时候的事情嘛？百香果？”中年男人掉过头，一副古董样的表情，“老早就不生产啰！厂房都拆了盖什么 TOWNHOUSE。”他耸耸肩，“味道可再也尝不到了。”继续看电视里那群男女拿腔拿调地表演。

雷宇哑然，他只是需要点儿什么东西来填补因发现问题而出现在胃部的不快。精神上的失落会引起生理上的空虚，“人”真是种奇怪的东西。对“人”的思维方式，他心里颇为鄙视，却不能不用这种方式思考。雷宇想了想，便转身走向那挂着街道办事处牌子的地方。

办事处里的两个人正在一堆档案表格与计算机间忙碌，对雷宇的到来无动于衷。计算机终端是一台17英寸华丽的液晶显示器。显示器上数据飞速流动，如瀑布流淌，雷宇顿觉心驰神往。

“请问，”雷宇提高声音，“我想打听一个人。”他说了四遍，那计算机前的人才答应道：“找谁？”

“原来住虎门巷一号的，叫方乔。帮我查一下他还住这里吗？”雷宇的声音与姿态有一种压迫感，令人无法直视。

计算机前的人嘀咕了句什么，继而开始敲击键盘。几秒钟后，他抬起头：“现在没有姓方的在这里住。”

“他以前是住这里的。”

“多久以前？”

“拆迁修楼以前。”

键盘又生硬地响起来。雷宇似乎看得到程序调动下数据库的蠕动。那人摇头：“20年来，就没有姓方的住在这里过。抱歉，你记错了。”

五

杂货铺隔壁的小吃店还没有什么食客。店铺收拾得很干净，满墙都贴了雪白耀眼的瓷砖。灶台、桌椅没有一丝油腻，似乎就不曾开张过。一个 25 岁左右的年轻人，若古代弱冠书生般清瘦白净，坐在角落里一言不发，只顾翻来覆去瞅自己的手掌，似乎掌心里有什么天机隐藏着。

雷宇踩在铺前的擦脚垫上，向店里面探了探头。“你们有什么吃的？”他喊。年轻人仿佛从梦中惊醒，用鹿般温润清亮的大眼睛看向雷宇。

“你们有什么吃的？”雷宇提高声音重复问题。年轻人一指墙上的告示牌，示意雷宇自己瞧。雷宇望过去，肠旺面、脆哨面、素面、肠旺粉、鸡蛋炒饭、酸辣粉、米豆腐等本地特色都一一在列，并附分量与价格比照。

“肠旺面，大碗。”雷宇说。他找了个僻静地方坐下，取了筷筒中的竹筷，拿在手上。

上面给的资料出了很大的问题。

一般来说，这种情况是不会出现的。但千分之五的错误率，依他执行任务密度之高，碰上了也不足为奇。

只是这种把名字和住址搞错的事情有点儿太离谱了。两支筷子在雷宇手上互相刮动着，发出“吱吱”的刺耳声音。在这座超过 200 万人口的城市里，如何寻找根本不知道姓名和住所的人？

雷宇对面的墙上，方形时钟的指针正指在 8 点 30 分的位置上。他还有 45 个小时。

那年轻人此时才懒懒站起——冰箱里取面，灶台前掀锅下面，浇水备底料，忙得有条不紊且毫无生气，呈现出机械式运动的惯性。

“红轻红重？宽汤吗？”年轻人走形式般地问。

“什么意思？”

“红辣椒要多要少？汤要多要少？”那年轻人面无表情地解释。

雷宇见青瓷中海碗底放了酱油、醋、盐、味精、猪油、黄豆芽、油辣椒，胃肠中便有几分馋意。“都多些。”他回答。不知道这样的食物会不会让体温升高。他看看左手腕，似乎看到了芯片上无数的热敏电阻和电流线路，它们压迫在他的动脉血管上，警惕着，随时准备送他进医院的隔离检查区。甚至不仅仅如此，它们还刺探他的血液，他的思想，最终会发现他只是“人”的模拟品而将他消灭。

想到这儿，雷宇脑子里一激灵，觉得那个训练有素的出租汽车司机就在路边的出租车里看着他。雷宇相信，如果他真的被证明不是“人”，那个外表和气的出租汽车司机是会毫不犹豫地将他撕成碎片的。据说，就是由于“人”对待不同智慧生命有与生俱来的不友善，所以在“人”的世界中只投放48小时内的任务。

好在，并没有谁真的站在人行道上看他。雷宇面前是黄澄澄的刚从滚水中捞出来的面条——盛放在底料上，浇肠段、血旺子、脆哨、油辣椒，兑鸡汤，再撒葱末，红黄翠绿、油光鲜亮。雷宇顾不得想健康跟踪的事情，夹起筷子来就是一大口，险些被面烫伤了嘴唇。

那年轻人退回角落中，仍然看着他的手掌。雷宇喘了口气，但面条的香气不可抵挡，他恨不得立刻将它占为己有，哪怕再烫伤了牙齿和舌头也在所不惜。仿佛为了证明他的这种决心，他从餐桌上的青花瓷罐中舀了满满一汤勺辣椒油，加到面条中去。面条几乎漂浮在辣椒油之上，那种味觉刺激，令他激动不已。

“人”的快感，无非如此。雷宇在狼吞虎咽中，顿有所悟。

六

“单弦，你买菜了没得？”一个丰腴过头的女人在店外喊，本地话铿锵有力而语调婉转。那年轻人抬起头来：“哪点要去这样早买菜嘛，门口有的是。”“你作死啊，那些菜你吃得起呀？贵得很嘛！去后街市场上买，”女人嚷道，“多买两斤排骨。”

“排骨没得人吃嘛，要那么多搞哪样吗？”年轻人有些不耐烦。

“搞怪，叫你买就去买，好生烦人啊！”女人挥手。

那个叫单弦的年轻人便低了头，双手拢在背后，踱出他的角落，与雷宇擦肩而过。

雷宇望着他微驼的背影，将记忆中所有关于方齐的资料又从头梳理了一遍。也许是方言发音的问题，才将那个人的名字和住所搞错。

“你就吃一碗面啊？不来点别的吗？我们的酱烧排骨味道很好。”女人突然换了标准的普通话对雷宇说。雷宇一惊，差点儿咬着自己的舌头。他忙摇头，片刻又点头道：“您给我杯水吧！”

女人便从饮水机里倒了一杯凉水给他。雷宇仰首而尽。女人又给了他一杯。雷宇这才缓过辣劲。女人笑，竟然有几分妩媚：“你是北方人吧？以后少加点儿辣椒，你们受不了的。”

“还成还成，无辣不香嘛！和您打听个人。这面条多少钱？”

“三块五。你尽管问。我住这里也有 20 年了，兴许能给您点儿线索。”

雷宇掏出三个银币和一个铜币给她。潮湿的气候使金属币在这城市里颇为流行。女人将金属币握在手里玩弄，殷勤地问：“那你要找谁？”

七

“以前这胡同口有个大院子，里外院。外面还有公厕。外院有一栋两层的木头房子，老式的那种，一层养猪，二层住人，楼梯在外面。旁边是砖房子，一个过道通里院。里面有两层楼的砖房子，房子南面就对着这条街，陕西路。房子北面隔个院坝是一座平房。我说清楚没有？”雷宇停住描述问。

女人满脸迷惑。

“是这样的，”雷宇从公文包中取了纸笔，画出两个院子中的建筑的大概位置。那女人顿时明白了，“啊，有这样的院子，就是虎门巷一号嘛！七八年前就开始拆，3 年前拆光了。”

“我看见了，全都变成了 7 层楼房。我想找一个小孩，不不，他现在应该已经长大。就是在这两个院子里住的那些孩子中的一个。”

“两个院十几家都有小孩，你能不能说具体点儿。那孩子长什么样？”

雷宇的表情比女人还要茫然，“不知道，”他说，“我不知道他的样子。”

“耶——，你要找人又不晓得他长相。”女人一急，方言脱口而出，“你搞哪样嘛？”

雷宇摇头。

“啥找法嘛，”女人也摇头，“哪样线索都没有。”

“是个男孩，喜欢动手拆东西。叫方乔，或者是类似发音的名字。”雷宇说明，“您回忆一下，有没有这样的男孩子。”

“那帮孩子都喜欢拆东西搞破坏。没有姓方的。”女人撇嘴。

“我必须尽快找到他。我会重金酬谢帮助我的人。”

女人眼前一亮，指指一号那边林立的楼房，“拆迁的人基本上都回迁了。你要找的人应该也在这其中居住吧？”

“有道理。不晓得我能不能在这些楼里找个住处。”

“当然能。”女人又笑了，这次笑得暧昧，“我们家就有空房子，可以租给你住，房钱你看着给好了。”

八

女人的家在 2 号楼 6 层，复式结构，单弦带雷宇上了楼。斜屋顶的顶楼有两个房间。单弦打开其中一间，偏头瞅了雷宇一眼，“你的。”然后径直走到另一间去了。

房间不大，一张沙发床，一个简易衣柜，一台电风扇。雷宇推开窗户，陕西路两侧隐蔽的建筑工地从这里看去纤毫俱现。钢筋水泥吞噬着草木结构，那些低矮的不符合所谓现代审美的房屋都以城市现代化的名义消失了。城市边缘渐次耸立的高楼大厦给城市镶嵌了一道锯齿形的花边。曾经的浓绿被这些花边稀释，难以搜寻，就像那个人的名字，方乔。雷宇黯然。最有可信度的空间位置资料也只能得出那个人肯定在虎门巷一号的判断，其他的看来只能臆测了。

喜欢搞破坏的孩子。他为自己有此种灵感折服。这可真是个不同一般的灵感。怎么就能认为弦论大师少年时候是个喜欢搞破坏的人呢？当然，他成年的时候是很有破坏性的。他在时空之间将引起一些不必要的震荡，因而上面不得不采取极端的措施消除隐患。要保持一个广袤时空范围的稳定性，上面必须留心各个地区的发展，小心掌握着时空平衡的杠杆，就像消防员，一些时候要灭火，一些时候却要生火。在这样复杂的情况下，上面给他的资料出现差错，也是可以理解的。好在资料里还有些个体资料可以做甄别。

“但由此就推断他少年时候的作为，还是太主观了。”雷宇心里残存的本我说。“我知道我的主观。”雷宇的模拟思维回答，“但这是有一定逻辑关系的，没有偶然，凡事有果必然有因，我清楚自己在做什么。不管怎么说，还有 44 个小时，时间很充足。”

传来轻微的响动，雷宇回过头。单弦拿了一床毛巾被搁在沙发上。

“以前你们家住在哪里？”雷宇问。

“就在这里啊。”

“这里？你们住虎门巷一号？”

“是啊，一直在这里的。”

“那你记得当时一起玩的小伙伴吗？”

“不记得了。”

九

拿了单家的门钥匙，雷宇便带了自助游手册和地图去找寻这城市的各种科学机构。他等不到出租汽车，就沿着虎门巷一直朝东北走，直到看见出口处友谊路那边的印刷厂。巷子的地形缓慢地升高，他竟然爬得气喘吁吁，心说，不服老不行啊，的确是只能再工作这一次。自己和那些墙壁上写了大大拆字的老屋子一样破败了。但是新的建筑就样样好吗？城市里所有新建筑都因为油漆质量上的缺陷，在每天必来的雨水浸泡下褪了颜色，显得十分颓废。不知道城市本身是不是也颓废了。但颓废其实与他无关，他只是来找一个人而已。

自己是这城市的一个过客，雷宇想。城市中的人的生生死死与悲欢离合每时每刻都在上演着，他们无法摆脱。而他可以，因为他与城市毫无瓜葛。他为自己43个小时后可以抽身而去兴奋不已，吹起口哨。细细的哨音在空无一人的巷子里回响，配合着他的脚步，竟然有几分情调。

此刻云散尽了，灰白色的太阳并不耀眼，但城市的温度一下子就提高了2℃～3℃。他的额头开始渗出汗水，不得不顺着阴凉的地方走，并且经常停下来让自己的体温恢复正常，以便健康跟踪卡显示正常。巷子突然之间变得十分漫长，似乎总也不能走到尽头。他停下来不仅要降温，还要消除内心的怀疑——来处已经隐藏进拐弯的空间中，去处却还未得见。窄小的巷子仿佛一段弦，要将他卷曲起来抛掷。

他从来没有想过弦的实质。对已经有公论的事实从来熟视无睹，这是“人”的共性。真相是什么并不重要，重要的是如何利用真相，让自己感觉舒适。对于一个流浪在时空之间的杀手，最大的舒适就是彻底结束这种流浪。但这不过是属于“人”的思维结论而已。他其实也是一段弦，被时空之手随意抛掷，遇到合适的场所就舒展开，创造自己的世界。

印刷厂的大门在马路对面敞开，空气中弥漫着淡淡的油墨香气。不断有人出入的门以及门两侧盛开的红白色夹竹桃，都证明了这段时空的稳定性。雷宇努力舒缓神经，擦拭脸上的汗。油墨的味道消解了他思维节点上的障碍，他清晰地听到大脑中那任务时钟呆板的“嘀嗒”声。

旁边有人叫喊：“冰粉，冰粉，消暑解渴，味道好嘞——”雷宇没听过这么稀奇古怪的食品名字，问那人：“冰粉是什么？”“冰粉嘛，1块一碗。”那人答非所问，继续他的吆喝。雷宇看着那插了

“冰粉，消夏一绝”旗子的小车，车上玻璃罩子里摆放了数个花花绿绿的瓶子。所谓冰粉，是褐色的半透明胶状物质，被盛放在洁白的搪瓷脸盆里，给人一种极有弹性的、凉爽的感觉。

“来一碗？”小贩的黑色T恤上印着大大的“筑”字，脸膛被晒得赤红。

雷宇点头。这奇怪的食品吸引的与其说是他的味觉，不如说是他的好奇心。

小贩顿时来了精神，变戏法似的取出一只塑料碗，舀了一勺冰粉，加葡萄干、果料碎、芝麻、冰红糖水，插上了一把塑料勺，宝贝似的捧给雷宇：“好吃呢，包管你还想第二碗。”

胶状物质入口即化，雷宇捉不到它的踪迹，齿间留存的都是红糖水的味道。这大张旗鼓的冰粉竟然是个空洞的东西！

十

冰粉给雷宇的空洞感一天都不能消散。他就带着这种不快拜访了城市里与科学有关的单位。城市最高级的科学机构对弦研究没有掌握任何资料，他们中听说过“弦”这个字的人一致认为，弦是首都的国家重点实验室才会有的研究课题。在贵阳这样一个内地城市中，既没有物质条件又没有学术土壤，不会有人莫名其妙对弦感兴趣。

民间科学家协会以为雷宇有赞助意向，极其热情地出示了他们所有的申请项目和在研项目，但不存在任何与“弦”相关的字眼。

“这个碟形飞行器研究呢？你知道我们的凤凰山事件吗？神秘的天外来物显示了非同一般的场效应和空气动力学特征，这启发了研究者。如果这项研究搞成了，会是整个航空业的革命。”协会秘书卖力地推荐。

雷宇一笑了之。

大学，创新与发明协会，专利局……雷宇坐着环城巴士，在法国梧桐婆娑的阴凉中绕行全城。车窗外的车水马龙、林立商铺、锦衣男女，都如冰粉样外表华丽。不知道是否如冰粉一般空洞不堪，只存皮相。如果他们不能找到弦，这皮相世界里有滋有味、自得其乐的好日子，恐怕也不会长久吧？

“所有城市都逃脱不了腐朽的命运！”上车的少年挥动手中的杂志慷慨激昂，“时过境迁，声名显赫的帝王将相化为灰烬，宏伟的建筑与文化科技埋于尘土……没有千年不坏的城墙，什么样的文明能持久恒新，永远占据历史的舞台？”

“我死之后哪管洪水滔天。”少年的伴侣，花儿般美丽的女孩儿说，“这可是法国皇帝说的话。皇帝都这样，你做哪门子杞人忧天？”

“皇帝不该打倒吗？他根本不符合时代精神嘛！”

“皇帝多神气，三妻四妾、杀人放火，要怎样都可以。姨婆叫下午去花溪打牌呢，你陪我去。”

“打一、二、三的卫生麻将啊，没得搞头。”少年嘟囔着。

雷宇眼前仿佛见到八只肤色深浅不一的手，搅动着144张牙白色的小长方块。在那些长方块垒成两排的时间里，有数万个星球从星际尘埃深处喷射，又有数十万个星球被那尘埃吞噬，世界的诞生与毁灭同时发生，惊心动魄。麻将牌阵势千变万化，宇宙的规律却简单明了。其实不是牌变，而是人变，人心是这天地间最复杂最难以揣摩的……

豆大的雨滴打在窗户上。天色立刻暗淡下来。果然是天无三日晴的城市。巴士遇到红灯猛然刹住。雷宇看到前面一座环形过街天桥，完美的弧度仿佛弦中卷曲隐藏起来的那一段。

看来，上面派他到这座城市为他的职业生涯画上句号，是经过精心斟酌的。

十一

雷宇黄昏时分回到虎门巷。

小吃店里此刻挤满了人，大部分是附近的住户。女人和单弦都在忙，还有两个极年轻的女孩子跑堂。雷宇混在食客之中，点了一份肥肠面。

“啊呀，你要什么说就好了嘛。”女人看见雷宇笑，“别客气。弦子，肥肠面一碗！”

稍过片刻，单弦神情冷漠地端过一个大海碗。浇头的肥肠足有半碗之多。旁边同样点了肥肠面的人抗议。那女人理直气壮地喊道：“是我亲戚，我愿意多给，你管呢？”“单大嫂，这是你家哪门子亲戚？怎么没听你说过？”“我家亲戚多的是，哪里你都听说过啦！”

雷宇只管吃，对耳边的议论置若罔闻。跑了大半天，他真的饿了。当半碗面条滑入胃中，他心中那种空洞感忽然消失了，万丈红尘重新摇曳生辉。他甚至注意到女人真丝连衣裙袖摆与领口处的蕾丝，以及蕾丝下若隐若现的白皙肌肤。他还有 36 个小时。于是，他问那个追究女人家族谱系的老人：“老人家，虎门巷一号当年谁家养猪啊？”

那老人一愣：“猪？是孙师傅家，不，吴师傅，不，不是，我记不太清楚了。你打听这个干什么？”

“我打过那个猪，还拿鞭炮吓唬过它。现在想起来真的很过意不去，想向他们道歉。”

“那只猪早就杀了吃了。你道个什么歉嘛！”老人诧异，“你脑子坏掉了？”

“我是说向猪的主人道歉。少不更事啊！”雷宇说得愈加煞有其事。那头大黑猪从漆黑的栏圈中冲出，歇斯底里狂叫的情形，随着他的叙述而重现。

“应该是孙师傅家吧！”食客中有人回忆，“他们家孩子多，还有老人，养个猪，一年到头吃肉就靠它了。”

“不会，孙师傅家住里院，哪儿有地方养猪。是吴师傅，我还记得他家三丫头剁猪菜呢，每天都剁。”

“嗨，那三丫头和张家二小子好，张家养猪，她当然要贡献一把气力。别的不成，剁猪菜真是利落，刀声听着都那么像音乐。”

“听说三丫头后来成了特级厨师，去了美国，开了好大的饭馆，有这事吗？”

“瞎扯，人家是移民去了澳大利亚……”

雷宇追问那老人：“张师傅是哪一位？”

“你看我这记性。是张师傅养猪来着，就是他。住在虎门巷一号外院。那两层楼是他家的私房，唐山大地震那年起了火，烧没了。”

“那人呢？”

“听说都搬到花溪区去了。”

“他家男孩子小时候淘气吗？”

“淘气？他就一个儿子，是小儿麻痹症，从小就拄拐杖，安静得跟闺女似的。”

十二

雷宇躺在沙发上消食。腹中的面汤似乎无法消化。夜已经深了，这座城市的灯红酒绿却才刚刚上演。单大婶换了宽松的休闲装准备去打麻将，临行前端了盘切好的西瓜到阁楼上来。“别急，我会帮你慢慢找的。”单大婶安慰雷宇，“不过你的线索真太少了。弦子，你也帮回忆一下子。”她冲对面嚷。

“我咋个晓得，那时好多人。”单弦隔着门答。

“是啊，那时他还小，特别爱看书，撵他出门玩都不肯。”女人挠头，“看那么多书，结果怎么样？都读傻了。没得考上大学，又做不得生意，就只好给我打下手，煮面。”

单弦房间中有什么东西被扔在地上。女人笑道：“他不高兴我数落他。我咋个不希望他有出息，可是得承认事实啊！”她摆手出去了。

雷宇望望对面的屋子，可以想象那年轻人郁闷的面孔。他拿起一块西瓜咬，沙瓤酥甜，便叫：“单弦，你也出来吃瓜，好甜。”

见那屋子里没动静，雷宇过去敲门。门上却没有锁，一推就开了。节能灯昏暗的光线中，样式陈旧的单人床、写字台和书架有一股子潮湿的霉味；书架上胡乱堆着高考辅导、自考指南、英语速成等类书籍，以及许多花里胡哨封面的杂志；墙上贴了许多电影海报和杂志插画。在这些廉价的印刷品之间，是一台璀璨耀眼的电脑。电脑与周遭环境的巨大反差，就仿佛钻石放在了豆腐渣里。

单弦脑袋趴在书桌上，睁大了眼睛，目光凝滞于空间中某个虚渺的点上。

“吃西瓜。”雷宇将果盘送到他面前。他看也不看。

“不管别人怎么说，首先你得自己把日子过舒服了。不开心只能自己难过。”雷宇劝他。

过了几分钟，单弦才将他的目光收回，望向雷宇，质问：“你是干吗的？”

“我要找人。”

“找人干吗？”

“这个人很重要，他将改变这整个世界。”

“没有人能改变这个世界。你撒谎。”

“我没有。再说我干吗要撒谎呢，我意图何在？”

“有一种谋杀叫作无动机谋杀。所以肯定也有一种撒谎损人不利己。”单弦冷笑，腿翘到桌子上。

“你比外表上聪明。为什么还要给你婶娘煮面？”

单弦白雷宇一眼，“我乐意。”

“好吧，我尊重你的选择。我只是想要找到一个像你这么大的男孩子，他以前在这个院里住过，爱拆东西，爱问个为什么。你能帮我想想吗？找到了我就立刻离开。”

“你找他干什么？”

问题又回到了刚开始的起点上。雷宇搓搓手，“你认为我找他干什么？”

“谁知道。也许他欠你很多钱，也许他拐跑过你的情人。也许，他知道什么秘密，而你为了掩盖秘密必须杀了他。”

十三

无心之语却最接近于真实，雷宇就在一瞬间对单弦起了杀心。不错，雷宇就是来找拥有弦秘密的那个可能叫方乔或者别的什么名字的人，然后杀了他。或者，文雅一点儿地说，杀死他的思维。上面交代得很清楚，人不能在这个时间获得弦的知识，因为他们后来的表现显示，他们虽然有打开弦的能力，却没有运用弦的智慧。所以上面要雷宇溯时空而上，到这个年代的贵阳来阻止弦论大师的成长。

这个年代，弦论大师应该已经对弦的认知很深刻了，但他的理论成果还需要实验验证。没有数据就说服不了人们接受他，因而他四处奔波筹措实验经费。他的名字在理论物理界被一些人嘲笑，一些人蔑视，一些人争论。他所在的单位把他列入异想天开的疯子行列。如果不是因为他的一项授权专利每年都会给单位带来可观收入，单位早就不假辞色地将他解聘了。

找这样一个人，能有什么难度？雷宇想不出。所以他就轻易地和上面签了一份 48 小时的合同书。如果 48 小时之内他不能完成任务，上面不负责他的返回路径。要么他自己在时空的森严壁垒之间开凿一条路回到自己的世界中去；要么就留在此时此地的贵阳，留在混沌的人类中间。雷宇想到后一种可能，刚硬的身躯也不禁颤抖。

在这个黑夜最浓的时候，雷宇悄悄打开了办事处的门。办事处的电脑并没有关机，他很容易就进入了民事部门的户籍登记档案系统。

整个城市，20 年来都没有一个叫方乔的人登记过户籍。出生与死亡记录中都不曾有过这个名字。

顶楼上单弦已经熟睡。恬静的面孔如同婴儿。雷宇把手轻轻放在他的额头上。只要他略使一点劲儿，这个年轻脆弱的生命就会结束。

虎门巷一号的孩子中间，究竟是谁洞悉了弦的真谛，从而会在某一日跨出人类认知上质的飞跃？

如果不是上面的资料错误得离谱，那就是时空路径存在严重的误差。这个时空到底存不存在方乔这样一个人？出现这么大的问题，他那份生死合同若真执行起来岂不是太冤？

雷宇躺到自己的床上，摸出感应器——他从自己世界中带来的唯一的物品。感应器滑过他的左手，冰凉侵骨。窗外夜空深邃，星光在倾斜的天花板下荡漾。正是与自己世界联络的好时候。雷宇将感应器放在胸口。在任务对象“人”的模拟体与他的本体意识之间，存在着原子水平上的振荡和谐，通过感应器将这个和谐调整为可控状态，便可达到超时空通信的目的。

想到存储于上面库房里的自己的原有意识，雷宇就心生惆怅。这次任务之后，但愿真能退休，与本我从此紧密相依再不分离。

清理一下思路，雷宇两只手贴住感应器的两个面，开始一条一条阐述任务的问题。思维的神经电流在他体内涌动，汇集在感应器中——那里将有异光反应，透射进感应器的内核。

但感应器却什么反应也没有。

雷宇等了等，感应器平静如常。他将整个过程又从头来一遍，感应器依然老样子。

冷汗从他额头冒出。他腾地跳起，打开灯。灯光聚集下，感应器没有任何伤损，完好如新。他抹抹汗，伸出小拇指，顺着感应器的一条棱往下滑。在棱的某个点上，他身体的微弱脉冲可以将感应器的存储空间打开。

果然，他失败了！

雷宇真的吃了一惊，他从来没有遇到过这种情况。以前，任务对象模拟体与他本体意识之间的联络一直良好，感应器也工作正常！问题出在了哪里？踏上贵阳之旅的每个细节瞬间在他大脑中重现。

健康跟踪器。

雷宇举起左手腕，完全嵌进了肉里的跟踪器与皮肤浑然一体，根本看不出痕迹。但那芯片发出的电波却扰乱了他自身的电磁场，从而使他的超时空通信遭受严重阻碍。

雷宇忍不住骂了一句粗话。健康跟踪器真的只是感受他体温的变化并反映到城市中某个机构的监视屏上去吗？

现在只有指望他在剩余的时间里找到那个弦论大师，哪怕大师还未有成果。因为感应器中还储存了大师的思维波片段，会与大师产生感应，从而打开另一条超时空通信路径。那么他仍然有返回的机会。

但如果失败……雷宇深呼吸。星光已暗，黎明将至，时间正一分一秒地过去，在这个世界中，谁曾见过弦？

雷宇的眼眶忽然湿润了。

下　子在川上曰：逝者如斯夫

十四

单弦在电脑上打拖拉机，见雷宇进来也不搭理，手中的鼠标飞快点击着各种花色的牌，手指则在键盘上舞动，与打牌的人忙不迭地唇枪舌剑。

雷宇只好找书架上的杂志看。那些杂志紧紧压在一起，抽出来就散了，也不知道翻过了多少遍。书页噼里啪啦地掉在地上，雷宇蹲下身子捡。单弦终于从牌局里分了神。“你到底要干什么？”他嚷道。

“我想请你帮忙。”

“我不会帮你的。”

“你知道原来住这里的那些孩子的下落。你必须帮我。”雷宇按住鼠标。

“不关我的事。”

“那么给你一个挣钱的机会你挣不挣？”雷宇问。失去双亲、寄居表婶家的单弦，最缺的恐怕就是钱了。

单弦瞪着雷宇：“给钱也不干，你别拦着我打牌！”

“你不是想知道我为什么要找那个人吗？找到了，我告诉你。”

“喊，我为什么要知道你找人的目的。”单弦不屑，“关我什么事。”

最后是单大嫂的命令起了效果。单弦心不甘情不愿地跟在雷宇身后，一个上午都不肯好好和雷宇说话。而雷宇计算着时间，满心焦虑，也没有心思来讨好小朋友。两个人沉默着，在城市中寻找虎门巷一号的孩子们——这些曾经调皮捣蛋、流鼻涕生脚疮的少年都已经长大，或者做了城市的栋梁，或者变成了城市的垃圾。但无论是谁，都会出没于城市的美食广场、饭铺酒肆。只不过一些人是品尝者，一些人是经营者，还有一些人是乞讨者。单弦带着雷宇从大十字街找到紫林庵，从观风台找到黔灵山……在这种寻访中，雷宇遍尝了各种他闻所未闻的食物，比如丝娃娃、独山盐酸、荷叶糍粑、羊肉粉……他得出结论，如果单以吃为标准，贵阳实在是一个美好的城市，只是那些食品都太过于零碎。不过，这毫不妨碍雷宇冒着肠胃坏掉的危险大吃特吃，且渐渐地变得无辣不欢。

单弦却很不开心，每碰到一个过去的玩伴，免不了的寒暄就逼着他去回忆过去一次，而每次的回忆都不尽相同。他经常会得到完全矛盾的说法。比如张师傅家的儿子据说是小儿麻痹，但同院两个做了汽车销售商的伙伴就认定他好动异常，曾经给猪扎针并把猪粪撒在公厕门口的路上。还有那谣传出国的孙师傅家三丫头，却在丁字口开了一家麻辣烫，且死活不承认曾经和张家二小子好过；她倒是对单弦印象好得不行，说当年单弦虽然年龄小可是特别喜欢看书，看完了就讲给大家听，什么黑洞啊白矮星啊都是些特高深的名词。那时的单弦看上去志向远大，大家都对他心生敬畏。但是单弦自从高考落榜以后就不和什么人交往了，总爱深居简出，处于半与世隔绝状态。

“不可能，我不可能是他们说的那个样子。”单弦愤懑，忘记出门前对雷宇态度的恶劣，拉着他说，“我根本不懂黑洞、白矮星。为什么大家的回忆不能重合，过去无法还原吗？”

“不能。时空有无数观察角度，缺少一个角度的描述它都是不精确的。但你无法找到这所有的角度，你明白吗？”

“不明白。可是，如果你的说法正确，你是无法找那个男孩子的。你给的参数太少，根本不能确定他的状态。”

雷宇一惊，单弦的话似乎隐藏着更深的含义，他一时分辨不出。时间的紧迫扰乱了他的判断力。他等着口袋里感应器的反应，但毫无所获。食物的填补压住了胃里的空虚，却压不住时间的声音——那声音清清楚楚在雷宇头脑中回响，声声催人欲老。

他们在城市里匆匆忙忙，只在路过国际交流中心的时候停下来。有家文化公司牵头搞了一个凡·高画展，大大的凡·高头像挂在空中。单弦不顾雷宇径直去买了票，雷宇只好也跟进去。一厅的浓郁色彩，与小家碧玉般的贵阳气质不合。单弦却看得目瞪口呆，末了还买了60厘米×60厘米大的凡·高油画《星夜》的复制品——在月光黄和星辰蓝旋涡翻卷的天空下，一丛树木努力向上伸展着枝条。在月亮和星星的颤动中，地面上的植物低声吟唱，一切都在不可确定的状态中……单弦将画端端正正地挂在自己的房间正中。

贵阳的气氛顿时生出一丝诡异。

十五

时间倒计时结束的时候，雷宇正在刷牙。清晨的阳光和卖豆腐脑的吆喝声一起透进窗户。他的脑子里“咯噔”一声，像断了发条，那一直“嘀嗒嘀嗒”的声音消失了。雷宇握住牙刷的手一下子悬在半空，看着镜子里的自己发愣。

这就完结了？他所来的世界，就这样将他一笔抹杀掉了吗？他的荣誉和生活，他的经历与情感，都将随着他的名字从上面的档案中消失得无影无踪，他的本体意识将被清洗干净，好腾出地方来给下一个队员，是这样的吗？

他回不去了。

雷宇冲干净嘴里的牙膏沫子，洗了脸。他转头看见单弦房门大开着，单弦半躺在床上面对着那幅《星夜》。星月的天地之间，是一束生命旺盛的绿色火焰。

“你为什么喜欢这幅画？”雷宇没好气地问。

“那你为什么要找那个男孩？”单弦偶尔言语锋芒十足，让雷宇无从反驳。

“等到我能告诉你的时候，我自然会告诉你。”

“呸，你们每个人都当我是傻瓜。其实我比你们想的要聪明。”单弦愤恨地说。

“证明给我看。”雷宇的声音单调干涩。

单弦咧开嘴笑笑："我要搞清楚空间的方向性。"

雷宇一惊，难道这个年轻人正是他要找的人吗？这两天的明察暗访全是白白耗费气力？"为什么有这种想法？"他控制住声音中的颤抖情绪。

"时间是有方向的，昨天、今天还有明天，不能逆转。可是空间呢？空间的方向性在哪里？上、下、左、右根本说明不了任何问题。所以我想搞清楚。"

"你应该去考大学的物理系。这样冥思苦想，什么答案都得不到。"

"可能不会有结论吧。"单弦不太在意，"我就是想想。"

"想解决任何问题，你必须证明、演算、推理实证，才能得到一个确凿无疑的答案。"雷宇坐到单弦对面，挡住他凝视油画的视线，"实际上，你的问题已经涉及当前物理学的前沿领域。你听说过弦吗？"

"那是什么？"

"有猴皮筋儿吗？"

单弦去到单大婶的梳妆台那里找了一根皮筋儿。雷宇拿在手里拉伸，皮筋儿绷紧了又缩回，带动周围空间的舒张和卷曲。单弦看着雷宇的手，似乎从没发现皮筋儿有特别之处。

"弦是最基本的形态，构成我们周围所有事物的基元，包括我们的思想，我们的声音，我们的目光。弦理论是一个完美的统一理论，将万有引力、电磁、弱和强相互作用都囊括其中。"雷宇想不到自己的声音中有如宗教布道般的蛊惑力量。

“基本粒子是电子。”单弦却说，“谁见过弦？”

“教科书从来只会采用成熟的理论。至于弦的存在，得靠物理直觉，不能满足于理解那些有明确数学定义的东西。”雷宇引用不知从哪里看到的一句话，颇为自得，“发现弦并被大众认同是迟早的事情。”

单弦的目光积聚到雷宇脸上，似乎是要考核他话的真假。雷宇觉得单弦的目光如同山泉，清澈而简单，比他本人更容易理解。“相信我说的话。”雷宇强调。

“关我什么事？”单弦转过头去，拍拍手里新买的《凡·高传》，“反正发明弦的人也不会是我。我高中数学很差，物理更坏。”

十六

单弦去小吃店上班后，雷宇睡到了他的床上。看着墙上凡·高的画，雷宇不知不觉间睡着了。他梦到自己的记忆是一张金黄色的喷香的蛋饼，被盛放在一只靛蓝色的瓷碟里。瓷碟上绘制了苗族特有的花纹。那记忆热气腾腾，看上去非常迷人。于是就有刀叉左右开弓，向那记忆正中戳去，将它生硬地切成两片。被剖开的记忆里面是灰白的碎末，散发出干燥的陈腐的气味。刀叉在那些碎末里搅拌，蛋饼顷刻间变为空洞的面皮。

有一只手将这面皮捡起来捏在手里，捏成一个球。雷宇的目光顺着这只手慢慢上移，他看到面前的人。恍惚中，以为那是另一个自己。直到那人开口给他杀人的任务，并将一袋战国时期的刀币扔在他的枕头上。织锦的口袋袋口一松，刀币散落在枕头上。枕头雪白，铜币斑驳绿锈，交相映称，美不胜收。雷宇到此便醒了，始终看不清楚那只手的主人的脸。

雷宇坐起来，面对那幅画发呆。梦境只是幻象，但这幻象所掩盖的是什么呢？也许他根本就不是杀手，所谓任务是一种借口，其目的只是要将他从他的那个世界中驱逐？这个想法太不可思议了，他连忙放弃它。上面收不到他的讯号，应该知道他的任务已经失败，不会再向这个时空派遣任务了。他现在必须面临的要紧事儿是做“人”，他的记忆是为了这个任务存在的，任务的失败也将导致记忆的失败，从而逐渐将他变成行为混乱的、没有记忆的疯子。在没有找到弦论大师以前，他自己的存在都将变成问题。

不能坐等了，挽救他失忆的方法可能只有一个：他自己培养出一个弦论大师来。

雷宇被自己的想法吓了一大跳。弦的微小扰动决定不同自由度的粒子，在二维膜上缔造的世界只要一个参数不同就会决然迥异。这个他来到的世界也许根本没有什么弦论大师，有的只是一帮曾经的嬉戏年少而今正为生计各使手段的青年。

这些人中谁会对空间感兴趣？这是座比较重视实际生活的城市，能够感同身受的才是最好的。只有喜欢《星夜》的单弦例外。但一个对物理学毫无概念的 25 岁青年，要在尽可能短的时间内变成大师级人物，这不是奇迹两个字可以解决的，得在奇迹前加上

“大大的”三个字才行。

但还能有什么办法吗？雷宇紧皱眉头。他只有培养一个弦论大师出来，才能打开时空路径，然后杀回他的世界，质问上面为什么要派他来执行如此语焉不详、指向模糊的任务。

雷宇走到书架前，手指一一扫过那些图书的书脊。弦论公式简单明了，但其推演出的所有理论与求证实验雷宇却都一无所知。雷宇更不知如何用人的语言来表达。何况，就如人所熟知的 $E=MC^2$，简单的公式后面是复杂的计算、大量的实证以及历史研究的沉淀，那是仅仅会背诵公式的学生无法复述的过程。

走过许多时空的雷宇，盘腿坐到地板上，拿出他的感应器。感应器仍然对他没有任何反应。但这个小东西在他手掌之间的翻动，却给了他一些启发。

雷宇的目光，最终落在凡·高的《星夜》上。

十七

中午大雨，从外面回来的雷宇连连打了好几个喷嚏，体温骤升了 2℃。立刻有城市健康委员会的工作人员上门来检查他的情况，禁止他再到户外活动，并责令单弦与单大婶都暂时在家休息。单大婶凶巴巴地抗议了几声，就乖乖地待在家里，上网打麻将了。小吃店被全面消毒后暂时关闭。

雷宇得以和单弦朝夕面对。

“你对空间感兴趣，那我就和你说说空间对称性的问题。”雷宇说，“这样你会理解什么是超对称性，从而更好地理解弦。你知道什么叫作对称吗？对，我们的脸是对称的。对称性有分立的对称性和连续的对称性。分立的对称性，就像你这本书，它是正四边形的，将它转动 90 度，它还是原来的正四边形。连续对称性如一个球面，以球心为原点，无论怎么转，还是原来的球面。这是一个物理系统固有的对称性，或一个物理态的对称性。在一个物理理论中，还有一种动力学的对称性。假如一个态本身不是转动不变的，但我们将之转动后，同时还转动用以描述它的坐标，即连续的对称性，这样一来，这个态的一切动力学性质和转动之前完全一样，这就表明空间本身的各向同性和物理系统本身与空间的方向无关联性。喂，单弦，你怎么睡着了……”

物理学对单弦真是一首好催眠曲。奇迹，如果轻而易举就获得，那便不是奇迹，需要耐心和等待。雷宇看着凡·高的 DVD 专题片，对单弦的哈欠毫不在意。

看完了凡·高的专题片，雷宇拿出他的感应器给单弦看。

“你一直想知道我为什么找那个男孩儿，为了这个。”雷宇转动感应器——这是一个 1 立方分米的立方体，透明晶莹，但却不反光，深邃得令人晕眩。

“水晶镇纸？”单弦猜，“批发市场 5 块钱一个。”

“这不是水晶镇纸，这是一个感应器。”

“感应器？”

“是。”雷宇抚摸着那光滑润泽的物体，这是唯一可以证明他任务的东西，唯一可以让他在这个世界记住自己本体的东西，“每个事物都有左手征和右手征。每个弦都有其镜像。所以产生了这个感应器。”

单弦满脸困惑。

“我要找的那个男孩儿，他在成年的时候终于将高深的弦理论简化为一个通俗的公式，从而改变了整个世界。”

“没有人能改变这个世界。”

“可以的。那是在人类智慧整体积累上的突变，蒸汽机车、飞机、原子弹，都划定了一个时代。”

“那个男孩儿已经成年，他发明那个公式了？”

“还没有。”

“那么你怎知道未来的事情？天，别告诉我你是从未来来的。”单弦蒙住脸。

“不，我不是从未来来的。我从哪儿来并不重要，实际上我自己也搞不清楚。我的记忆是从到贵阳开始的，我的感觉似乎从没有离开过这座城市。但我们不讨论我的问题。只说这个感应器。”雷宇举起那个物体，“它用那个人本身的思维分子的镜像为基础结构建造，是一个超稳定的弦结构，不会被任何外力破坏。但是一旦那个人与之接触，弦之间的频率共振将产生作用力，那么这个结构就不会再得以保存。”

单弦竭力想理解雷宇的话，但显然他做不到。他痛苦地皱起了眉头。

“就是这样。”雷宇将感应器放在单弦手上。

感应器毫无反应。

“说明什么？”单弦问。

“说明你不是那个人。”雷宇舒口气，“我早知道你不是了。”

“那有反应的就是你要找的人了。你找到他会怎么样呢？”

会杀了他。但雷宇却说：“我会告诉他这世界的终极理论——关于弦的一切。”

“那你为什么不告诉我？”

“一个物理和数学都极差的人？不，你没有这个天赋。”雷宇微笑。

单弦哼了一声，将那感应器扔回雷宇手中，不再问什么。

十八

几天之后，瘟疫警报解除了。邻居们蜂拥而至，请单大婶的小吃店立刻开业。单大婶正在联众棋牌室里厮杀得酣畅淋漓，坚决要众食客等她扳回老本再说。

一直不怎么和雷宇说话的单弦忽然问他：“你会开车吗？”

“会。”

“那我们租辆车出去走走。我在家里好憋闷。”

雷宇和单弦便租了一辆越野吉普车。车子按照单弦的要求穿城南行。沿途都是绿灯，新铺的沥青黝黑清爽，南明河与梧桐树左右相伴。单弦打开车窗，随音乐的节奏在风中呼嚎。车子驶出贵阳市区，经小河过花溪，两旁青山不绝，田野不断。

“我不知道你从哪儿来，干吗老是说关于弦的事情。你让我心神不定，好像生活有其他的真相，另外的可能存在。比如我是因为目睹了什么事件而被黑衣人抹去了记忆，或者是计算机甄选出来作为程序的改良程序。无论哪种可能，命运都是自己不能把握的。”单弦关掉音乐，对雷宇说。

雷宇目视前方，对这年轻人的困惑无动于衷：“你不是救世主。别相信好莱坞电影。”

“我知道电影必定与现实生活相差遥远，但谁知道好莱坞编制那些可能性的真实动机。就像我不了解你，为什么你要告诉我弦的事情。”

“等你真正理解了弦，你自然就会知道。”

单弦猛地踩下刹车，不待车子停稳就跳下去。“别和我说时机未到！”他愤懑地嚷道，“你又不是先知！”

“我不是。”雷宇面无表情，“如果你懂得弦，你会是。”

单弦伸开双臂，拍打车子，发狂道：“是不是到那个时候，我就可以看到万物其实全都是数据流，所有东西都是虚假的，制造的，没有实体的？！”

雷宇打开车门，很平静：“生活不是科幻电影。弦也不是电子空间。你会将它们区分开的。”

单弦上了车，一路都气鼓鼓地不说话。他们开到了青岩附近，就在当地吃农家饭。木梁、泥墙、稻草铺顶的老房子，建在一块稻田上面。主人将被柴火熏得乌黑的挂在房梁上的腊肉取下，给他们蒸腊肉饭，还用从田里新摘的西瓜做饭后水果。饭桌就对着稻田，几头仔猪在饭桌不远处的圈里哼哼。有一只鹭鸶在田里捕食，时不时地飞跳起来，白羽黑爪与翠绿的水稻配出天然高绝的山水国画。

望着那只生气勃勃的鸟，单弦突然间心平气和下来。他问雷宇："我该怎样开始了解弦？"

十九

他们在回城途中碰到庆祝瘟疫结束的花车游行，吉普开不动了，只好停在路边等游行结束。但是游行渐渐变成一场狂欢，周围的观众纷纷加入队伍中凑热闹。雷宇被满身银饰环佩叮当作响的布依族少女拉下车子，在热烈欢快的乐曲声中翩翩起舞。伴奏之人坐在花车上，都是须发皆白的老者。他们手持月琴、牛角胡、牛骨胡、葫芦琴、勒朗、笛、牛皮鼓和小马锣，敲敲打打，怡然自得。

"听听，听听，这是北宋时期传入黔地的古乐'八音座唱'，现在已经没有什么人会演奏了。""据说，金阳那边修路时发现古猿人化石了，这可不得了。说不定贵阳以前是古人类的发源地呢！""不是说贵州人夜郎自大吗？总要有自大的理由吧？源远流长，天下皆出自我，你说我该不该自大？"人们喧哗着，嬉笑着，话语如同棉絮，渐渐布满雷宇周围。如果没有弦的困扰，贵阳真是好耍，雷宇心想。这时雷宇才发现单弦不见了。

单弦凌晨3点才回到家。他浑身酒气，几乎瘫成一团泥。一个娇小玲珑的女孩子送他到门口。女孩子嘴角俏皮地生了一颗小小的黑痣，看见雷宇就连声惊叫："呀！是你！我们机场见过的。你忘记了吗？"

雷宇摇头。

女孩子不高兴，提高声音："那你现在要记得我啊，叫我璇好了。"她顿了顿又说，"你的健康跟踪器可以去清除了。他们还给你免费做体检呢！可别忘记了。"

雷宇正想着那个跟踪器的事情。也许去掉了，他的电磁场就可以恢复正常。璇自告奋勇陪他去交通部门报到。巧得很，遇到了那个飞机场的出租汽车司机——他还记得雷宇，一见面就招呼："你还在贵阳啊？怎么样，贵阳不错吧？"看到璇，司机脸上顿现恍然大悟的表情，冲雷宇晃大拇指："你真真要得。"

雷宇没说话，操控健康跟踪器的那些人，是什么样子的呢？虽然他与人类没有任何的不同，但他仍然对那个部门有一丝丝的恐惧。毕竟他只是人的模拟体。

璇和司机聊天。司机熟悉交通部门负责跟踪器的机构，据他说，这几天去解除跟踪器的人有好几十，他已经拉过去好几个了。"我们贵阳好啊，"他一路都在唠叨，"来的人都不愿意走！"

雷宇懒得理司机，好在目的地很快到了。机构不大，一些普通的神色拘谨的公务员们有条不紊地按章办事，没有对雷宇啰唆一句话就将跟踪器从他体内吸出。手腕空了好一阵，雷宇才彻底相信那健康跟踪真的只是健康跟踪。

“你怎么了？”璇挽住雷宇的手臂，“你的表情怪怪的。”

“有吗？”雷宇摸摸脸，“没什么，我只是觉得——贵阳挺不可思议的。”

回到单家后，雷宇立刻取出感应器，它依然没有反应。也许电磁场的恢复需要一段时间吧，雷宇想。那边，单弦房间里传来璇清脆的笑声，少有的，单弦低沉的笑声也夹杂其中。

于是，璇成了单家的常客。璇，24岁，眉眼秀丽，声音温柔，除了打麻将时与单大婶对吼很不像话，其余时间都十分乖巧。

“她是我的初恋。”单弦告诉雷宇，“我们好了很久了。”

“没有那么久。”璇纠正他，“只有两年而已。而且我去旅游学校以后你根本不理我。”

“我以为你不理我了呢！”单弦辩解。

璇嫣然一笑。

璇每天都到单家的小吃店来，然后上单家看雷宇。她劝雷宇不要整天待在房间里折腾单家的旧电器。但雷宇却似乎喜欢修理，不仅弄好了单家的旧电视机和VCD，还把左邻右舍的坏电器都修了个遍。

璇呸雷宇：“你还喜欢做修理工啊？今天甲秀楼放花灯，你和单弦陪我去看啊！”

雷宇想推辞，单弦却也说一起吧，他好久没逛街了。雷宇只好答应。

去大南门的道路堵车，三个人弃车步行。马路两旁的法国梧桐已呈抱拢之势，树荫宽大，几乎遮日。璇穿着一条宝蓝色印花珠片吊带裙，走在两个男人之间，如一只蝴蝶精灵。

灯会还没有开始。单弦建议去逛路旁的书店，璇嚷着要吃恋爱豆腐果。雷宇不能两个人全陪，只好女士优先。璇却不等他，自顾自找了食摊坐下。主人送过来蘸水碟，碟里是一层精炼过的油辣椒，亮晶晶的红油里还混了芝麻、葱花、碎花生米、蒜末、姜茸、细盐、味精、酱油、老醋、香油、香菜末。主人给烤架上的十来块半焦黄的豆腐再刷一层油，豆腐发出轻微的噼啪声。“这是恋爱豆腐果。你也来两串？”璇回头叫雷宇。雷宇摇头，神情里有些不屑。

“你别瞧不起这种坊间小吃，以前还救过人的命呢！”璇扁嘴乐，也不管雷宇肯不肯听，自顾自说了下去，“那是抗战时，日本人对西南大后方进行空袭。炸到贵阳了，有个小伙子的住处给炸了，他被埋在废墟底下，人们看得见他，就是救不出来。有个姑娘可怜他没吃的，就把家里的豆腐烤好了带给他吃。”

烤架上的豆腐变成油亮的金黄色。主人将豆腐取下，放在璇面前的空盘里。璇迫不及待地夹开一块豆腐上面的皮，将蘸水汁浇进去，然后咬上一大口。

“后来呢？”雷宇不喜欢没有结尾的故事。

“后来，大家就管这种油炸豆腐叫作恋爱豆腐果了。”璇说完，一块豆腐已经消失在她的樱桃小口中。红润嘴唇上一层油光泛动，偶然唇里露出雪白的牙齿来——雷宇看璇有滋有味地吃豆腐果，心里却极想尝尝那红唇的滋味。

璇过足了瘾，发现雷宇呆望着自己，忙找纸巾擦拭嘴唇，问他："你怎么不吃？"

"啊，我不想吃。我去看看单弦，怎么逛个书店要这么久。"雷宇就要站起来。

"不许走，我还没吃完呢。"璇撒娇般地命令。雷宇又坐下，转过头，就看见了南明河中巨石之上的甲秀楼。楼檐与尖顶、窗棂镶嵌的小灯，正一盏盏亮着。灯光里，单弦抱了一摞书兴冲冲过来。雷宇翻了翻，全部是高等数学和量子力学方面的书籍。

"你要干什么？"雷宇和璇同时问。

"我没有天赋，但是我会勤奋。"单弦瞧雷宇，目光里充满挑战的意味，"我总有一天会理解弦。"

雷宇不知道该如何回答他，手里还捧着他买的书，沉甸甸的。过了一会儿，他才说："好，等你理解了，我一定知无不言。"

"那我们击掌为约。"单弦伸过手。雷宇只好也伸过去。两只手掌在空中发出清脆的声响。

"你们到底在说什么呀？"璇看看雷宇，又看看单弦，满脸疑惑。

"一个学术问题，你不懂。嗨，快看啊，月亮！"单弦指着天叫道。

银亮的月正渐渐被黑色侵蚀，只剩下细细的牙了。浩瀚的天幕上也只有这细细的一弯月牙。月牙越来越细微，弓成一线，如弓之紧弦。随即弦断弓收，月亮被黑暗完全吞没。原来是月食，雷宇记起来了。这是他原来世界没有的景象，在贵阳看见了。

“扯，你哪儿有什么学术问题啊！”璇拍单弦的背，“上次你把积蓄都花了买电脑，要学平面设计，结果怎么样？你还是现实点儿，听婶娘的话秋天去上个厨师班吧。”

“如果那是我选择的，我会坚持。”单弦的脸上忽然显出从未有过的倔强表情。

二十

时间自从月食以后呈现出迅疾的姿态。雷宇感觉到时间的流逝，白天与黑夜交替轮换，似乎在一瞬间就完成了。他的人类的面孔上，居然有了细细的眼角纹和抬头纹，而感应器还是一如既往地沉默着。只有单弦对弦的坚持，才让他觉得等待不是那么漫长和无聊。

在等待中，雷宇渐渐搞清楚了单大婶的羊肉汤配方，杂货店里也出现了消失许久的百香果。璇看见雷宇在小吃店灶台那里忙活，诧异得都说不出话。“单弦呢？”平息了心头的惊奇，璇急问。“他在忙。我替他干一会儿。你能到隔壁给我买一块钱的百香果吗？”雷宇回答。

璇片刻跑回来，晃晃手中的食品袋，“真的有百香果，我好久没吃到这种东西了。小时候我最爱吃这种糖了，后来就没看见卖的了。”

“有需求就会刺激生产。因果互相影响。没有孤立的系统存在。”雷宇一边说，一边给顾客端上牛肉面。那边有人叫肠旺面。雷宇应声问：“红轻红重？宽汤？”

“你还会做什么？”璇跟在雷宇身后，抽空将一颗百香果送到雷宇嘴里。

“厨房的事情难不倒我。”

“你真行。”璇闪动的眸子令雷宇害怕，他忙岔开话题：“是找弦子吗？他去贵州大学旁听物理了。”

“又为了那个弦？他真是疯掉了。单大婶说他天天琢磨这个，还泡在网上找同道中人。”

“他的确有点儿疯狂，不过，这种兴趣挺宝贵的。”

璇忽然不说话，抬起头，盯住雷宇的眼睛：“你和我说实话，他在这个什么弦上有发展前途吗？”

雷宇摇头。

“那可怎么好，总得让他明白这一点啊！”璇着急。

“每个人都可以对科学拥有热情。他现在的状态非常难得。哪怕没有什么成果，也是值得称道的。”

璇轻轻叹气：“也许你的想法是对的。可我……”她停顿一下，到底那半句话也没说出口，只是将那袋百香果塞在雷宇手中，走开了。

璇走出去几步，忽然又跑回来，问雷宇：“那你呢？你又在这里做什么？”

雷宇抻抻身上溅满油花的围裙，说：“等待。”

“等待？”璇不解。

雷宇点头：“对，等待，等待奇迹。”

二十一

等待需要耐心，雷宇很清楚。贵阳并不像是能够创造奇迹的城市。但他最有职业素质，只要存一线希望接近成功，他就不会放弃。何况，他已经将自己的未来与单弦能否领悟弦连在了一起，他必须将单弦培养出来。

趁着单弦不在，雷宇将《星夜》后面的神经诱导器又调高了一个数量级。用人类的器材原料制作出的神经诱导器非常粗糙，但对单弦还是颇有成果。

单弦常常站在《星夜》前发呆。他揉着通红的眼睛对雷宇说：“我觉得我像个刚刚大梦初醒的人，这世界太玄妙了，而我以前一无所知。你看那些从网上下载的文章。”

“有收获吗？”

“网上？对我这种新人来说，论坛上的东西真的是不知所云。”单弦苦笑。只有一位不愿意将业余时间用去写SCI论文的研究员，很通俗地用中文演讲弦的文章，他才能勉强看得进去。研究员写道，某位学者用一个硕大无比的夹纸板演算公式，从左上角开始用蝇头小草一直写到右下角，写满后翻过页接着写，算上几个小时不知疲倦，其间唯一的休息是将铅笔放进电动削笔刀中削尖。看到这里，单弦就心生羡慕，到处去找那种夹纸板，幻想着有朝一日也这样将数学公式一气呵成推算到底。

“我知道初学者要想研究弦，就如同家庭妇女要登喜马拉雅山峰一样，是件异想天开的事情。不过如果抛开所有复杂的演算，另辟蹊径，它也许就不困难了。比如，我能不能在计算机上建模，用多维结构模拟弦运动。我说不好，但是也许我能。弦论的基本对象不仅是各种振动着的弦，还含有其他自由度，比如纯粹的点状粒子、两维的膜等。数学部分的求证很困难复杂，但物理学家要有直观感觉，不能满足于理解那些有明确数学定义的东西。就当我现在开始上大一的物理课，我不过才 25 岁而已。学上 10 年，应该也能向坛子上那些人一样发言了。”

雷宇叉起双臂，冷水泼到什么地方算合适的催化剂呢？他只能走一步试一步了:“这很难，理论必须有实际的例证支持。引力红移，光线弯曲和水星近日点进动等验证了广义相对论，它能够解释所有已知的宏观引力系统。到目前为止，科学家们在物体 108 微米的距离上，都没有观测到引力定律的异常现象。引力与距离的平方依然成反比。要建立一个理论不难，要找到检验这种理论正确性的论据却很难，你明白我的意思吗？”

“那么关于弦你究竟知道什么？”单弦的语气咄咄逼人。

雷宇躲开他的锐利目光:“我知道你无法理解的那部分。”

“我很快就会理解的。你等着。”

雷宇不再说什么，转身要回自己的房间。单弦突然冲着他的背影喊:“你找的那个男孩子就是我！我想起来了，就是我。我小时候不但喜欢给大家讲书上的事情，还带着大家恶作剧，在孙师傅家楼梯底下放鞭炮，差点儿把他们家那口大黑猪吓疯！”

雷宇径直走回房间。

那边单弦还在大声叫:“你听见没有，我就是你要找的人！”

雷宇“砰”地将房门关上。

二十二

如果单弦是那个人，你要杀了他。如果他不是，他在你的引导下正将自己变成那个人，你还是要杀了他。你并不问动机，你只是要杀人。

雷宇心里那消失许久的本我声音，又一次出现了。恍惚间，他似乎听到了头脑中嘀嗒的时钟声音，但仔细听来，却又什么也没有。

上面派他来的真实动机究竟是什么？他真的是一个杀手吗？在飞到贵阳以前，他的世界在哪里？

感应器掉在地板上，丝毫没有任何损坏。雷宇捡起这东西，在衣襟上擦了擦，东西依然晶莹剔透如故。真是要疯了。雷宇骂自己，而我是始终可以把握命运的人，哪怕对真相永远不了解。他将感应器放进箱子。他需要一杯酒来镇定，好在漫长的等待中保持耐心。

城市的酒吧街在北部邻近黔灵公园的地方。雷宇走进一家迪吧。璇正在灯光中摇摆，如一条摇曳的鱼。雷宇靠近她。年轻女孩子羊脂玉般的脸上泪痕点点。“我不在乎他是厨师还是物理学家，我只在乎他心里有没有我。你知道一个女人最需要男人什么吗？”她仰头问。

雷宇迷惘。

“最需要男人在乎她——她的感受，还有她的愿望。女人是为了爱情生活的。没有了爱情就没有了空气，会窒息而死。”璇大声回答。正在蹦跳的男男女女用嘘声和掌声表示对她的赞同。

“可是男人需要全世界认同他，不仅是女人。”雷宇耸了耸肩膀，“希望你理解他。”

“我理解可不赞同。还有你，你站在舞池外边干什么？下来跳舞啊！”璇叫。

雷宇来不及谢绝，便被璇拖下舞池。女孩子小小的手放在他的掌心里，乌黑的头发在他眼前飘。雷宇觉得此刻心脏跟着音乐节拍一跳一跳的，拦都拦不住，马上会蹦出胸腔去。

音乐慢下去，璇的头抵住雷宇的胸膛，她轻轻地叹息，像是一枝花儿的低语。雷宇握着她柔软的腰肢，整个人都要融化了。

吧台送他们法国葡萄酒，冰块与柠檬皮掺和在一起。璇说受不了，要去街头吃大排档，喝纯正的贵州赤水酿的刺梨酒。两个人还吃了成都麻辣烫，旋脸红红的，雷宇脸更红了。小工走过来收账，油腻的手在油腻的围腰上擦了又擦。1元的硬币一个个地落在桌子上，璇数着一二三四，却总是数不清楚。那小工失去了耐心，将硬币一股脑儿全攥在手心，手掌简直都要撑破了——“二位麻辣烫，鸳鸯锅。”他眼睛盯住门口进来的男女嚷道。

雷宇和璇一起随小工嚷，把进门的人吓了个魂飞魄散。他们在一屋子人的惊诧中跑掉了，一路上纵声大笑。雷宇拉紧险些撞车的璇，将女孩子搂进怀里。女孩子体态丰腴，气息炙热。他叫她，璇用微笑的目光答应，眼眸清亮透彻，流转顾盼之间，光华闪烁。

他们回到单家，单弦却不在，单大婶照例打牌去了。“小时候，我做过一个梦，就是这幅画。”璇指着墙上凡·高的星星，“我总在想，这些旋涡是什么？”

“是大大小小的银河。”

“瞎说。银河怎么会是这个样子？”

“就是这个样子，所有的银河都是旋涡状的，卷曲着运动，无数维的时空夹杂在一起，有各种不同的表象。”

“那些银河里，是不是也有太阳系？有地球和地球人？”璇的手指在画布上滑动。

“当然有。我们只是这万千世界中的一粒沙。”

“如果这些沙子中有一粒属于我，我就算死都会觉得很开心。”璇将头依靠在雷宇肩部，“彻彻底底只属于我。”

“单弦？”

“不，不是他，是你。我只想和你在一起。”

雷宇觉得他今天酒喝得太多了。“我要去图书馆找单弦回来，太晚了。”他咬着舌头说。

二十三

“到哪里了？”雷宇迷迷瞪瞪地问。酒劲儿已经散了，他为自己坐在一辆空调大巴上感到诧异。

售票员好不高兴：“你要去哪里？”

“这儿是哪？”雷宇继续他毫无建设性的询问。身边的璇却已经起身，伸手拉他的衣襟，示意他下车。

车外一条水泥马路斜入密林，林子那边是山峦叠翠。一些人力三轮车立时蜂拥而至，问他们要不要花两块钱到镇上去。璇挑了一辆干净的有红色遮阳篷的，靠背光的一侧坐下。雷宇只好坐到晒太阳的那一边，将璇的旅行包放在自己腿上。

三轮车晃晃悠悠地发动起来，一动起来就有风，雷宇额头的汗片刻被吹散了。他定下神来，车子已经接近一座古代的城楼，楼墙青苔与雨水交错的痕迹斑驳可见。

“嗨，这儿是乡下吗？”雷宇在这时空的遗迹面前有些恍惚。

“青岩离贵阳市区 30 公里，算不算乡下？”璇吐出嘴里的口香糖，用面巾纸包了扔进路边的垃圾桶，“我在这儿有间房。”

“古屋应该很值钱。”

“那就打八折卖给你。”璇笑，“然后我租你的房子。”

雷宇眯起眼睛，璇已经抢先冲到台阶上去了——石板路一级级地通向古代的城楼，楼门黑洞洞的，不知道隐藏着什么样的未来。去处还未得见，窄小的门洞仿佛一段弦，要将他卷曲起来抛掷。是的，他就是一段弦，被时空之手随意抛掷，需要合适的场所舒展开以便创造自己的世界。

“来呀。”璇在石板路尽头招手，“你会喜欢青岩的。”

会吗？雷宇不能确定。等待和杀手的任务就这样不了了之吗？

“你来不来呀！”璇催促。

“来了！”雷宇回答，一抬腿，脚步竟然是无比的轻松。

二十四

雷宇在次日的报纸上看到虎门巷着火的消息，损失不算太大。但那栋有40年历史的法式建筑完全报废了。这也难怪，对老建筑不加修缮，一味使用。报纸上的图片显示着，雷宇熟悉的小吃店与杂货铺此时都已是一片不堪的狼藉。

“我放的火。”璇将报纸从雷宇手上拽走，一本正经地说。

“瞎扯。”雷宇摇头。

“你不相信？”

“发生了什么事情？”雷宇站起身，居高临下俯瞰着璇。

“我们在胡同口碰见弦子，就去店里煮羊肉粉吃。他不喜欢我和你在一起，我们就吵了起来。我把他打昏了。然后，不知道怎么回事，火就起来了。”璇噘起嘴，“不怪我。他老是在说那个弦啊弦，他疯了呀！”

雷宇靠住门，阳光从门外直射进来，居然刺眼地炙热。

“火灾情况怎么样？”他听到自己的声音空洞地问。

“弦子被怀疑纵火，已经被送去健康委员会鉴定了。”璇低头踢脚边的石头，“他果然是疯了的。”

那个若古代弱冠书生般清瘦白皙的年轻人是疯子吗？雷宇闭上眼睛，所谓奇迹，真的就那么脆弱，不能坚持，要受天谴吗？

或者，自己陷入贵阳的世界是无论如何也不能否认的事实了。这就是被上面抛弃的悲惨下场吧！

就此老去，葬身时空的缝隙之中，不需要他雷宇再为自己惋惜什么了。

二十五

璇的房在背街上，不大，门面房，稍微收拾一下便可以开店。璇不久就申请做了镇上的导游。雷宇用璇的房开了一家小吃店，卖米豆腐和肠旺面。

有600多年历史的青岩处处是明清古建筑，依山傍水，清幽无限。镇上寺庙、道观、教堂共存，令雷宇常常感叹居民对宗教的宽容。感慨之余，他会走到百岁坊那里看下山狮，石刻的野兽似乎随时会在夕阳的余晖中夺路逃走。

弦渐渐变得遥远了。单弦因为被鉴定为精神失常而免于起诉，被送进了精神病院。单大婶离开了虎门巷，据说去了新城区。有时，雷宇会想象单弦发现他失踪后的心情，也许会当他是骗子吧，骗自己说这世界有万能的弦，还骗走了璇。不管怎么说，这结局总比他真的去杀死单弦好。雷宇唯一遗憾的是离开得太过匆忙，将那个感应器留在单家了。

这种遗憾随着时间的推移也渐渐遥远。雷宇和璇在那年冬天，青岩被挂牌确定为中国历史名镇的喜庆日子里结了婚。

新婚那夜，雷宇却睡不着觉，结婚这种事情是他以前的世界里没有的。他真的从头到尾都彻底地变做“人”了。他不能不借一点儿茅台来催眠自己。酒精的作用下，他进入了梦乡，却看见单弦站在那里，浑身都是血。

“你撒谎！你根本没打算告诉我弦的事情。你不讲信用。我们击过掌的！”那年轻人说着说着，愤恨的表情变得委屈了，他蹲下身去，嘤嘤啜泣，“我想知道，我想知道啊……”

火从四面八方烧起来。

雷宇骤然惊醒，他坐起来。璇急忙打开灯，给他擦额头的汗。

“那天晚上是我点的火，是不是？”雷宇抓住妻子的胳膊。

璇的脸上无惊无惧，她挣脱雷宇的手，心平气和地说：“真相是不存在的。你比我更清楚。”

雷宇肃然。

从这以后，雷宇的日子安静而闲适，喝米酒、香麦茶，吃玫瑰芝麻糖、脆皮猪蹄，听佛钟寺鼓童子班唱圣诗，看杜鹃、珙桐、桂花和红枫。雷宇和璇之间再也没有出现过“弦”或者“弦子”这样的话题。雷宇想，实际上他已经忘记曾经的自己，只有偶尔在为食客端茶递水的时候，他会感慨几秒，自己已“可耻地堕落”了。

璇接待游客，整天说历史数典故谈古人。书院街、油榨巷、西院巷、状元街，慈云寺、万寿宫、北城门……一条光滑石板路，不知道来来回回走了多少遍。她带游客逛完历史景点就到雷宇的小吃店来吃米豆腐。雷宇赤膊裸胸，在小小的厨房里磨米蒸豆腐做配汤。店太小，客人们只好站到街上去吃——薄薄青花瓷碗中半透明的米粉块，一层红油环绕着，黑红的醋汁在中间流淌，让人怎么也吃不够。总有人惊奇这醋的颜色，于是雷宇就会指着醋坛子说青岩双花醋的好处，末了，一定会卖出去几打 1 斤包装的实际只有 8 两的醋去。

隔年过去，璇怀孕了。十月辛苦，诞下 7 斤重麟儿。雷宇无法描述喜悦之情，许久以来心里因为失去弦的空洞，被儿子填补得满满当当。小雷活泼好动，不惧生人。满月后，璇将他的摇篮放在小吃店门口，托店里做杂役的七娘照料。小雷喜欢笑，成了食客的一爱。人们给他玩具，他都拆得稀里哗啦。雷宇还很鼓励他，美其名曰培养智力。

夏天来的时候，小吃店租下隔壁的房子，店面里有 5 张桌子了。小雷已经可以走路。七娘专门负责照看他，整天带着他在镇子里转。

某天，七娘忽然跑回来，焦急地说孩子不见了。她把孩子捆在牌坊那儿去上茅房，出来发现绳子断了。雷宇听了浑身冷汗直冒，赶紧叫人找。璇也扔下游客们过来与雷宇会齐。他们爬上城墙，穿过百岁的牌坊，打开状元府内每一间房。他们呼喊，四只眼睛，360 度搜寻，直到筋疲力尽。

雷宇心里有些隐隐不安。“还记得弦吗？”他问璇。

“弦吗？”璇瞪他，“我不记得了。你赶快把儿子找回来！”

镇子守门的人认识小雷，都说没看见。镇子并不大，他们找了很久，却怎么也看不到宝贝儿子的身影，他们不免垂头丧气。雷宇去挽璇的手，被她甩开了。璇眼圈红红的，径直往前走。雷宇只好跟在后面，不敢再说什么了。

小巷曲曲折折，细窄得只能容他们两个一前一后地走。雷宇有些疑惑，在青岩生活了好几年，却从来没有见过这条小巷。巷子突然之间变得十分漫长，似乎总也不能走到尽头——来处已经隐藏进拐弯的空间中，去处却还未得见，窄小的巷子仿佛一段弦，要将他卷曲起来抛掷。

雷宇停住脚步，他清晰听见脑子里时间嘀嗒的声音。那么清楚和明确，每一声都敲打在他的神经中枢上。他抱住头。但是声音就在他的脑子里，怎么也消除不掉。

新的 48 小时开始了。

原来，上面始终不曾忘记他。

他们不过是在耐心等待。

璇也站定。她看着身后的雷宇，示意他快一点儿。但在巷子的深处，有熟悉的声音响起：“你看这张纸，我可以撕成无限小，小得根本看不见。纸是由纤维构成的，纤维由分子构成，然后是原子、原子核、质子、中子、电子、介子、光子、轻子和快子……世界就建筑在无限小的一根弦上。”

璇顾不上雷宇了，她向那声音跑去。雷宇要快跑才能跟上。他们拐过一座房屋的尖角，看见小雷正在地上爬，那个感应器就在他面前闪动。单弦靠墙坐着，剃了个板寸，清瘦如从前。

璇正要冲上去，却被雷宇一把拉住。

单弦继续说：“他们把十一维时空折叠起来了，只给我们三维的。三维啊！真让人痛心。”

小雷仰起脸来，面对单弦笑得天真无邪。他伸出手，一把抓住感应器。单弦放开手。感应器在小雷的手上溢光流彩，瞬间化为无数璀璨的微粒。

桦树的眼睛 / 赵海虹

万物有灵

实验证明，音乐对植物的生长有明显的影响，青年女科学家瑟瑟还取得了进一步发现——植物也有情感。然而，她却突然死于“心肌梗死”……

瑟瑟姓许，是一个文静的女子。她不仅是我少年时代的好友，成人后亦是我难得的知交。

瑟瑟是一个很好的说话对象。她很有耐心，即使我接连几个小时滔滔不绝地发牢骚，她也会一直面带微笑地倾听。

她是研究植物学的，拥有一个设备完善的个人研究所，房前还有一片白桦林，四季风景如画。她细心地照料自己的植物，连同那片小树林，并用无比的耐心等待它们的回应。

她很早就说过，植物也是有感情的。

许多人对此都付之一笑，包括顾世林。

顾世林与我俩是青梅竹马的老朋友，我们三人从小就是邻居，时常一起到海边拾贝壳、堆沙堡。我们缘分不浅，又在同一所小学、中学读书。成人后，我当上了世界畅销周刊《默》的海外记者，周游列国。世林定居香港，只有瑟瑟仍留在北方的海滨城市 A 市，从事默默无闻的研究。

瑟瑟的表情总是平静如水，只有两件事能让她平凡的脸生出光彩。头一桩便是在她说到植物的时候。

她说，清代《秋坪新语》中有记载：当夜深人静时，有个叫侯崇高的读书人在他“异彩奇葩、灿烂如锦”的菊花书斋中，弹起了悠扬悦耳的古曲。没有多久，四周的菊花“闻琴起舞，簌簌乱摇”。这时，“风静帘垂，纹风不进”。为什么菊花会“动”起来呢？侯崇高停指歇弦，菊花安静如常，复弹则又摇动，吓得他推琴而起，不敢再弹了。这种现象，在过去一直被认为是无稽之谈，现在则被一些科学实验所证实了。

每当提到这类事情，瑟瑟便脸色微红。有一次，她还兴致勃勃地说：“我这儿有许多资料：印度做过植物对音乐反应的实验，发现一种‘拉加乐’可以使水稻、花生、烟叶的产量大幅度提高。N 国也做过一个实验，在两间长着西葫芦的屋子里分别播放摇滚乐和古典音乐，结果放摇滚乐那间屋子里的西葫芦背向收音机，而播放古典音乐那间屋子里的西葫芦的茎蔓则缠绕在了收音机上。可见，植物也有喜欢和讨厌的感情，是吧？”

那时瑟瑟的表情，让我看了忍不住也兴奋起来，进而也对植物产生了兴趣。

还有一种情况是当她提到顾世林时，语调中总有种深切的关怀，眼波流动，透出浅浅的温柔。我若是男人，见到这样的姑娘，一定会怦然心动。

但顾世林是个傻子，这么多年也未看出瑟瑟的心。我曾想告诉他，但瑟瑟不答应。

“你不让我说，那你自己告诉他呀！”

“他呀，他已有了所爱的人。”

我闻言一呆，顿时为瑟瑟伤心起来。此后，大家分散到各地工作，我也再没有机会为瑟瑟做些什么。或许，当时我应该告诉世林？

2006 年 12 月 9 日，也就是两周前，许瑟瑟死于心脏病，年仅二十七岁。

瑟瑟的未婚夫白朴立刻打电话通知了在 N 国定居的我，但我直到今天才处理好手头的事务，赶到 A 市。

下午 3 点，我刚下飞机就给白朴打了电话。

“喂，请找白朴先生。”

“我就是，你是陈平吗？我分辨得出你的声音。”

“是的，我刚到 A 市。瑟瑟她……”

“对不起，无法让你见她最后一面。前天……把她火化了，骨灰已葬在海滨公墓。”

“我想看看她。”

“嗯，我带你去。”

见到白朴的时候已近黄昏。海边的天色很美，天空好像喝醉了酒似的，天蓝中带着橘红。海风很大，呼呼的风声中夹着海浪拍岸的声音。一位身着灰色长大衣的男子，手里拿着一束白色的鲜花，静静地站在海边。他一见到我就迎上来问："你是……"

"我是陈平。"我也分辨得出他的声音——低沉的男中音，"你好，白先生。"

"请叫我白朴。"

这是我第一次见白朴。半年前瑟瑟才在信中提起他，说他是她父母安排的结婚对象。她从不愿意细谈他的情况，只说他是她父亲的学生，在A市一家N国与我国合作的研究所工作。她说："那人虽不讨厌，但也只是我父母喜欢的人，不是我喜欢的。"或许，她中意的男子永远只有顾世林一个。

"我带你去看瑟瑟的墓。"白朴转身向前走去。我回过神来，跟在他身后，不一会儿，就看到了那块嵌着瑟瑟二十七岁生日照片的白色大理石墓碑。

白朴把花放在墓前，一言不发。那是一束纯洁的百合花。

"花一摘下来就失去了生命，瑟瑟不喜欢摘下来的花。"我忽然说。

"就算她不接受好了，但这是我的表达方式。"白朴的神情变了，目光中流露出他的痛苦，"她在乎她的植物，却不在乎我。"

我心中黯然，觉得他很可怜。但瑟瑟呢？她的感情呢？我望着瑟瑟的照片，年轻的瑟瑟，你爱情的秘密已永远埋在了地下。我的鼻子发酸，眼睛也禁不住湿润了。

"有件事我不太明白：瑟瑟是因心脏病发作而去世的，那么她应该患有先天性心脏病。但我和她是二十多年的朋友了，我从未听说过她有这种病，也从未发现她的心脏不好。”

“医院的检查结果是心脏病致死。医生也不明白，这么年轻的女性，以前没有心脏病史，怎么会死于心脏病发作。我希望他们能再仔细研究一段时间，但瑟瑟的父母不想再拖下去了。瑟瑟之死对他们而言是难以承受的打击，他们只希望让瑟瑟早日安息，不要再徒留人世供人解剖研究。”

白朴停顿了一下，继续说：“瑟瑟的父亲是我的恩师。我的父母早亡，在大学就读时，许教授夫妇在学习上、生活上都给了我许多帮助。我毕业回 A 市前，他们告诉我，他们的独生女瑟瑟还留在 A 市，要我照顾她。他们的言下之意，我当然很明白。”

“是这样，瑟瑟很少提这些。”

“我回 A 市后，和瑟瑟接触了一年。许教授夫妇还曾特地从北京赶来，希望我们能确定婚姻关系。可是，才半年她就……”

我转向白朴，抬头望着他，不想漏过他任何细微的感情变化，“那你，爱她吗？”

“我不知道。”白朴的目光顿时暗淡了，微锁的眉头似乎带着难言的忧郁，“她一心一意只为工作，我们见面的机会不多。而每次见了面，她不是谈植物的感情问题，就是怀念她逝去的少女时代，我知道，我在她心中没有任何位置。陈平，其实我很早以前就认识你了。她常常说到你，讲你生活中的一点一滴，关于你的趣事仿佛特别多，使从未谋面的你在我的想象中活生生地笑着、说着、生活着，以至于我和她一起时，常常觉得仿佛是在和你约会。”

这一瞬间我恨白朴。但听到瑟瑟是那样深情地怀念和我共同度过的青春岁月，我的心中又充满了甜蜜的哀伤。

白朴犹豫了一下，又说：“但是，从瑟瑟的回忆中，我总觉得还有一个男人的身影，从未离开她的身边，好像已经根植于她的心灵深处。我不知道那个男人是谁，但我清晰地感受到了他的存在，明白只要有他在，瑟瑟的心中就永远不会有我的位置。”

说到这儿，白朴忽然转头背对着我，不让我看到他的表情，“我告诉自己，不爱我的女人我也不爱她，我以为我做到了，可是……她死了，她再也不会对我说见鬼的植物情感，她再也不能对我讲述她的过去……我受不了这样！”

我的视线一下模糊了，我的悲哀与白朴的情感找到了契合点。我顿时觉得自己了解他了，完完全全地了解他了，包括他的悲伤、他的无奈、他的痛苦！

我哭了，极少在人前哭泣的我哭得泣不成声。白朴也哽咽着，泪水顺着脸颊往下淌。我从没想到我会看到这样的景象：我和一个刚刚谋面的男子在瑟瑟的墓前一同哭泣。

我们只有一个共同点：我们都爱瑟瑟。

快到家时已近8点。我在A市还有一套旧房，这次回国就住在这里。此时，我的情绪已经稳定下来，掏出钥匙正要走进单元楼，耳边忽然响起一个熟悉的声音：“陈平，是你吗？”

我回过头，那人是顾世林。

“我接到你的电报就想来的，但手头还有一些紧急的工作，所以……”

“我也是今天刚到。我们都是成年人了，不比以前那么轻松。三天后，我就要回 N 国，为太空英雄诺曼一家做专访。”

“我住在白桦旅馆，也是只预订了三天。我想你应该早到了，所以到这里来找你。”

我们绕来绕去，谁都没有吐出那个令人心痛的名字。

“世林……”我开了口，又说不下去。我能说什么呢？说瑟瑟对他的感情？

突然间他的目光变了，变得那么忧伤。他开始说瑟瑟，说我们三个人以前的故事，说到动情处，他握住我的手，泪水一滴滴地落在我的手背上。我轻抚他的头，好像安慰一个孩子。我的悲哀已在今天下午瑟瑟的墓前痛痛快快地倾泻了出来，与白朴共同分担了。现在的我没有哭泣，只在心中哀哀地叫着：“瑟瑟呀，瑟瑟呀——”

第二天清晨，我带顾世林去海滨公墓为瑟瑟扫墓，之后我又独自赶到市红十字会医院了解瑟瑟去世时的具体情况。

“瑟瑟被送到医院时，心脏就已停止跳动。当然，我们还是尽力抢救，希望能出现奇迹，但最终没能抢救过来。她的死因是心肌梗死，而她以前从未有过心脏病史。她的未婚夫倒是提出要查清病因，我们也希望家属能贡献瑟瑟的遗体供解剖研究，但她的父母不同意。”

我完全理解伯父伯母的心情。女儿已经死了，再也活不过来了，何必再让她受苦呢?

“是否有可能是药物引起的心肌梗死？据我所知，尼古丁就能造成中毒者心肌梗死，在短时间内死亡。”

“是有这样的药物，但经过我们的仔细检查，病人死前从未注射、服用过任何有害药剂。”

我总觉得瑟瑟的死亡像非正常死亡。那么难道这是谋杀？如果是谋杀，那就必定有凶手和谋杀动机。与世无争的瑟瑟，她的存在会威胁到谁的安全呢？我决心弄个水落石出。

下午，我又去了瑟瑟的个人研究所。两年前，我回国休假时来过这里，此次故地重游，却已物是人非。

研究所坐落在郊外，规模很小。研究所不远处有一片白桦林，瑟瑟把林子也布置成实验区，在那里安装了一些实验设备。

“这些白桦树都是我的朋友！”瑟瑟的笑语犹在我耳边回响，让我想起“人面不知何处去，桃花依旧笑春风”的诗句。

瑟瑟喜欢白桦树，她说桦树干上的黑色斑块像无数双友善的眼睛。

“这是你的眼睛，像不像？”瑟瑟仿佛正站在我身边，指着一棵白桦树说，“我常常站在这儿看着它，就像看到了你一样。”

此刻漫步林间，每一棵桦树上似乎都有无数只眼睛在闪动，每一只都像是瑟瑟的眼睛，温柔美丽。阳光透过枝叶照进林间，在碎石小径上洒下点点跳跃的金斑。本来是晴朗无风的天气，桦树的枝叶却在微微颤动，发出瑟瑟的声音，空气中仿佛飘荡着一股令人怀念的气息。瑟瑟已匆匆离去，离开了她热爱的生活，离开了她热爱的世界。但为什么此时此刻，我却感到她还活着，与那桦树林一同在我身边低唱？我的心中涌起难言的情感，有怀念，有悲哀，还有追忆往事时的怅惘。

小路的尽头就是研究所，那是一排乳白色的平房。所有的房间都是互通的，只有一扇对外进出的门，使用的是二十字密码锁。整个研究所有着严密的保护措施，如果不通过正门，绝对无法进入其中的任何一间。

我忍不住敲了敲正门，好像瑟瑟还会像两年前那样喜出望外地开门迎接我。

我一声声地敲，一声声地唤："瑟瑟，瑟瑟，开门呀！"

没有回音。泪水顺着我的脸颊往下流，我的手无力地垂下来。这才醒悟了——瑟瑟死了，我最好的朋友真的死了！

我的目光停在那锁上，我恍惚看到了有一行字："输入既定的二十个数字。"我的脑海中飞速掠过一些画面，随即蓦然想起瑟瑟的最后一封信："平，还记得我们三个共同毕业的日子吗？请牢牢记住。"

我们，我、瑟瑟和世林，我们共同毕业的日子。小学毕业日：1991年6月30日；初中毕业日：1994年7月3日；高中毕业日：1997年6月21日，刚好是二十个数字。是巧合吗？

我用颤抖的手指输入了这二十个数字，仿佛冥冥中受着瑟瑟的指引。我有一种预感，如果能打开这扇门，我一定会有极其重要的发现。

咔嗒。门果然开了。

研究所共有十三间房，我感兴趣的仅有两间：瑟瑟的卧室和中心实验室。

瑟瑟的卧室不大，只有很少几件家具，摆放得很整齐。瑟瑟死后，无人打扫，家具上都蒙着一层薄薄的灰。瑟瑟一向独处，这间卧室只有我两年前来过。据她的来信说，连白朴都从未获准进入过。

床头的书桌上摆着一个镜框，放着一张瑟瑟、世林和我高中时的合影。我深深体会到了瑟瑟对世林默默付出的爱情。

我又试着打开了书桌抽屉。我相信是瑟瑟召唤我来查明一切，她告诉我“我们三个共同毕业的日子”肯定不是无心的，我一定要把她托付给我的事办好。

一张放在抽屉深处的画片吸引了我的注意力。仔细一看，原来是从一本杂志上剪下来的“青年植物学家白朴”的照片。我一下呆住了。

白朴，瑟瑟的心中也未尝没有你的位置呀！确实，性格内向的瑟瑟会向白朴讲述自己的过去，本身就说明她没有对白朴紧闭自己的心扉。

我缓缓地把画片放进提包。我想把它交给白朴，这也许能令他得到一点儿安慰。

紧接着，我又走进中心实验室。两年前我曾在这里消磨过两天时光，瑟瑟教会了我几种仪器的简单操作方法，我最喜欢“玩”的是植物情感变化测定仪。

20 世纪，许多世界知名的植物学家都做过关于植物情感的实验。如“植物对痛苦感受”的实验：把植物根部置入热水中，从仪器中立即传出植物绝望的呼叫声。又如“植物与记忆力”的实验：把两种植物并排置于屋内，让一个人当着其中一株的面毁掉另一株，然后让这个人混进由六人组成的队伍；他们依次走了过来（这些人全部戴着面罩），当毁坏植物的人走过时，那株活着的植物便在记录纸上留下强烈的信号指示。由此可见，植物不仅有喜怒哀乐，而且也会表露感情。

瑟瑟设计制造的植物情感变化测定仪比 20 世纪的任何同类装置都要先进，在当代也属世界前列。这台仪器与桦树中的若干台观察仪相连，可以接收到桦树感情波动的信号。仪器还与智能电脑合为一体，具备多种功能，操作方法比较简便。此时，我又试着启动测定仪，仪器的显示屏上立刻出现了许多信号。我忽然想到：既然这台测定仪以前每天二十四小时不间断地接收桦树林中观察仪发出的信号，并自动储存记录，那么，我应该可以查到瑟瑟死亡当天桦树的感情信号。瑟瑟是在桦树林中突然“发病”死亡的，也许我能从中找到什么线索。

我按下“人机对话键”：“我要看今年 12 月 9 日晚 10 点至 11 点桦树林实验区的信号记录。”

显示屏上出现了无数条波动的线条，刚开始时是剧烈地上下波动，不久后变为激烈颤抖的线条，如同病人心脏病发作时的心电图。

我倒吸一口凉气，继续命令：“总结这一时期桦树林观察区的信号变化，并进行‘情感辨识’。”5 秒钟后，我看到了这样的字样：

“忧虑——愤怒——仇恨、恐惧、痛苦——极度的悲哀。”这就是那晚 10 点至 11 点桦树的感情变化过程。

我的疑虑被证实了。根据这样的记录，瑟瑟只能是被谋杀的。从颤抖的线条中，我仿佛看到了凶手与瑟瑟激烈的争执，看到他要伤害瑟瑟，瑟瑟极力挣扎，凶手得逞，瑟瑟死去……

瑟瑟，相信我，我一定会找出真凶，将他绳之以法！我一定会为你雪恨的！

可我在 A 市只有两天时间了，却对凶手以及谋杀的动机、方法一无所知。公安部门不可能将仪器显示的结果作为瑟瑟死于谋杀的证据而立案侦察，我只有靠自己了。

“请显示今天下午 3 点至 3 点 20 分桦树林实验区的植物感情变化。”这是刚才我通过白桦林的大概时间段。如我所料，显示屏上出现的是微微波动的线条，如同春天的湖水泛起的轻波细浪，辨识结果为：“友好，轻度伤感，怀念。”

我为这新的测试结果喜不自禁，无意间触动了一个按钮。显示屏上的图像变了，又出现了起伏很大的线条，不仅频率高，而且波强远远大于刚才。我大吃一惊，看清显示屏上同时显示出 4 点

38 分的时间。是桦树林区此时此刻传来的信号，发生了什么事？

情感辨识结果为：极度反感。

一个念头疾速在我脑际产生：凶手来了！凶手正穿过桦树林向这里走来！

正在这时，我听到敲门声。

瑟瑟不喜欢门铃，她说门铃声对她和植物都是一种有害的刺激。因此，她在研究所内装上了“回音”设备。那种设备使来人的敲门声和呼唤甚至说的话都能清晰地传到研究所的每一个房间。这时，我还听到了这样的话：“有人在吗？我是 CN 研究所的马吕斯博士，与这里的前任研究者许小姐有些业务上的往来。如果你是下一任研究员，我想跟你商量一下以后的合作，以及上月交换的实验植物的问题。”

CN 研究所？这是白朴工作的研究所呀！这个马吕斯是否就是白朴的合作者？

“有人在吗？中心实验室有人吗？”马吕斯继续问。

是灯，我开着的灯暴露了我的存在。我该怎么办？我的心中迅速转过千百个念头。

如果这个马吕斯是凶手，他杀害瑟瑟的动机是否与植物研究有关？

CN 研究所是 N 国与我国合办的植物研究所。N 国的学者为什么要到我国来研究植物？今天上午从医院回来后，我顺便做过调查，CN 研究所仿佛正在研制一种什么生化制剂。

在N国几年的工作中，我触及过这个国家各个层面的黑幕，深知这个国家的科研、文化、体育活动等都渗透着政治目的。近年来，新闻界多次揭发N国采用与别国合作的形式秘密研制生化武器，一般由N国出资，合作国提供场所，以避免污染N国的环境。如今把生物制剂与N国相连，我脑海中冒出的第一个念头就是——生化武器！

我一下子兴奋了起来：假设N国的马吕斯以合作之名，暗中研制新型生化武器，并未让合作者白朴察觉，却被瑟瑟发现，她甚至掌握了其研制生化武器的证据，他是否就有充分的理由杀害瑟瑟？

绝对有！马吕斯很可能就使用了他新研制的生化制剂——这用一般的检测方法是无法发现的——杀害了瑟瑟。

如果事实真是如此，那么，既然瑟瑟已死，他的罪恶又不为人知，他为什么还要到这里来呢？他要寻找什么？是不是这里留有他的犯罪证据，比如：瑟瑟先前所掌握的他研制生化武器的证据？

想到这儿，我的目光飞快地在实验室中搜索。突然，我捕捉到了一抹不协调的色彩。那是一个很小的瓶子，瓶口密封，瓶里盛着大约20毫升的液体，瓶身上半截是红色，下半截则是透明的。由于瑟瑟喜欢白色，中心实验室中使用的器具除透明的以外仅有白色，所以那一抹红就特别醒目。或者，我可以这样想：这不是瑟瑟实验室的药剂瓶。

敲门声停了，也许马吕斯已经离开，或者守在门口，危险还未解除。我打算暂时躲一躲，并利用这段时间更细致地调查一下。

我把小瓶子放在掌心仔细地瞧，发现瓶上还贴着一个小小的标签，上面写着“Danger”（危险），瓶底玻璃上浮出浅浅的“CN”字样。它使我对马吕斯就是谋杀瑟瑟的凶手的想法深信不疑了。但我该怎么办？马吕斯也许还不知道谁在这里，可如果我走出研究室，他必定会跟踪我。而且，他很可能事先就从白朴那儿知道我与瑟瑟是最好的朋友，我一到A市，他就注意我了，怀疑瑟瑟告诉过我什么。至少，他现在已知道我能开启密码锁，我掌握了他想要的密码！

马吕斯一定会有所行动，在此之前我必须主动应对。当务之急是查明小瓶中的液体，一旦证实它是一种可当作生化武器的新的原病毒，我将立刻通报国际组织，并与《默》总部联络。只要尽快把事实公之于众，马吕斯杀我灭口也就没有了意义。

我的心中有几种念头：一是为瑟瑟报仇，二是惩办这个制造生化武器的魔头马吕斯，并声讨N国政府，三是为了自己的生命安全而斗争！我深知这事件幕后有N国的势力，斩草容易除根难，那将是另一场异常艰苦的战争。

这一瞬间，我胸中充满了战斗的勇气与力量，我不是孤独的：为瑟瑟讨回公道，将不是一场私人恩怨，而是与世界和平息息相关的重大行动。然而，此刻我一个人身在一间与外界隔绝的实验室里，身边都是冷冰冰的仪器与试管。研究所之外仿佛弥漫着罪恶与恐怖的气息，我内心深处有一点儿害怕，不，是非常害怕。

我的身体微微颤抖，我渴望得到谁的帮助，这时候我想到的第一个名字就是白朴。

为什么是白朴？也许因为他让我觉得，他是瑟瑟的男朋友，是一个可以信任和依靠的人。

我取出手提电话，正准备输入白朴的电话号码，耳边却又传来了马吕斯的声音——他果然一直等在门口："如果你现在不能见我，我还会再来造访。或者你用电话和我联系，我的号码是57326389。"

随后，植物情感变化测定仪上的信号显示：他又一次通过了白桦林并消失了。

我相信，这一次他是真的走了。他大概已知道我的身份，不怕我会逃出他的手掌心。

我松了一口气，又拿起电话。不能找白朴——心里有个声音这样说。我犹豫了半晌，才按下顾世林的号码。

为什么不找白朴？因为他的电话很可能被马吕斯监听，他的一切活动说不定也都受马吕斯的监视。这个推理合乎逻辑。

"喂喂，我是顾世林。"

"是我，陈平。"

"平，我刚才去找过你，但没有找到。我有事要告诉你。我现在过来可以吗？"大概是感觉到我的犹豫，他做了解释，"是这样的。中午我接到一个电话，请我们两个明天上午9点一起去CN研究所。平，你去吗？"

“CN 研究所？是谁打来的电话？”

“对方没有说明。他好像很急，只说请我们去就匆匆挂断了电话。不过，CN 研究所不就是瑟瑟的未婚夫白朴工作的地方吗？也许是他请我们去的？”

“你打算去吗？”

“我想见见瑟瑟的未婚夫，看看他是个什么样的人。”

我飞快地思考着——如果是白朴打的电话，他一定会留下姓名。那么，会不会是马吕斯设下的圈套？

不，我们不能去！

但是，如果是白朴打的电话呢？这也不是不可能的。今天我在电话里对他说过，瑟瑟还有一位朋友到了 A 市，还把顾世林房间的电话号码告诉了他。也许白朴已猜到顾世林就是那个在瑟瑟心中占有重要位置的人，所以打邀请电话的时候，出于某种心理而没有自报姓名。

当然，假如是马吕斯的约会，我们去将会是很危险的。谋杀并不难，尤其是凶手掌握了不留痕迹的新式杀人武器。但这样也好，这正是一次我们互探虚实的机会。可我不能让顾世林去冒这个杀身的危险，我需要想个理由。有了，正好有一件事可以交给他去做。

“世林，拜托你一件事可以吗？”

“尽管说好了。”

“世林，你是知道的，我能留在这儿的时间只有两天了，可我还有其他事要做。明天上午，我本来应该去找一位化学家，请他帮我检验某种药品的成分，这是一件非常重要的工作。当然，我更希望去CN研究所。”

“你的意思是——”

“明天我代表我们两个人去赴白朴之约，请你代我去找那位化学家，可以吗？”

“平！”世林在电话里的声音变得怪怪的，许是觉得我有点儿蛮不讲理吧！

“我们是老朋友了，就帮我这个忙吧！”

“平，我不是怪你提出的要求不合理。我想你这么决定一定另有原因，你为什么不告诉我呢？有问题我也可以帮你解决嘛！”

我的心中涌上融融暖意，世林对我的理解比我想象的还要深呀！但是那个原因我不能告诉他，否则他一定要孩子气地和我共同冒险。

“那么你是答应了？”我趁势问。

“是的。”世林的回答颇有几分心灰意冷。

我对他有些抱歉，但更不希望他涉险。他是我的好朋友，我没能救瑟瑟，我至少要救他。

我把贴着“危险”标签的小瓶放进包里，站起身来，最后把实验室里各种实验器具细细察看了一遍。我事先并没有想到还会有新的发现，然而恰恰是这个发现后来改变了我的命运。

那是一个白色大圆筒，打开盖子可以看到筒里装有一个绿色的密闭容器。我认得这是一种恒温器，可以使容器内部保持特定的温度，而我手中的这个恒温器内部竟保持了零下 67 摄氏度的低温，筒内大约有 500 毫升的液体。可以想象，这种液体在常温下应呈气态。我盖上盖子，一字字地读出瑟瑟贴上的标签说明：桦树之酒——植物兴奋剂——现仅证明对桦树有效。

那么，是瑟瑟成功了！

她曾对我谈起她的设想：植物表达感情的方式很难被人类所察觉，但只要研究出一种能使植物兴奋的物质，把它们的情绪充分地显露出来，人类终究会认可植物也是有情感的。如果发明了这种物质，她要把它叫作“酒”。

虽然这种“桦树之酒”只对桦树有效，但这发明已能震惊世界——这是植物的兴奋剂呀，能让我们的世界变成一个有更多的声音、更多的情感、更丰富、更快乐的世界。我要把这件事通知瑟瑟的父亲，他一定会为瑟瑟感到骄傲。我也希望他能以自己的国际知名度，帮助瑟瑟实现她生前的愿望——把“植物之酒”推上世界植物学研究的高峰，而瑟瑟的名字将被载入史册。

当夜，我秘密地离开了瑟瑟的研究所。第二天早晨，我便把那可能盛放着新病毒的药剂瓶交给了顾世林，请他按我给的地址去找那位化学家。然后，我只身前往 CN 研究所。

CN 研究所占地不大，从外观上看，与其说是研究所，不如说像一幢高级别墅。

迎候的人果然是白朴，我顿时松了一口气，悬着的心落到了实处。

“你好！”

“早上好。怎么，只有你一个人吗？”

“世林另外有急事要做，他让我向你代为致歉。”

“请进来坐。”我跟在白朴的身后走进实验大楼，“会客室在一楼，我的卧室在二楼，或者你想看看我的工作室？”

“不，我想去你的卧室说话。”我轻声说，“这幢楼里还有别的人吧？有些话我不想在会客厅里说。”

“这里还有我的合作者马吕斯教授和他的夫人。”白朴望了我一眼，接着说，“那就按你的意思，到我卧室去吧！”

一进他的卧室，我立刻关上门，取出一个小如火柴盒的仪器，在房间里四处寻找起来。

“怎么了，你在干什么？”

“嘘——”我示意他噤声。大约 5 分钟后，我解除了警报。

“我怀疑你被别人监视，不过你的卧室没有装监视仪和监听器，我可以放心说话了。”我见他的神情变得十分严肃，忙继续道，“我待会儿向你解释。你请我和顾世林到这里来有什么事？”

白朴有些犹豫，他缓缓回答：“我……其实我是想证明自己的一个猜想。嗯，就是想证实顾世林是否就是瑟瑟一直爱的那个人，我想看看他到底是什么模样。”

“果然如此。”

“你总能了解我。”白朴笑了，他的微笑令人感到温暖，“所以我希望你也一起来。在这种情况下看到你，会使我不那么难过。”

我被他的话深深感动了。闲谈几句之后，我从包里取出那张从瑟瑟的卧室里找到的画片。

“这是瑟瑟的卧室里放着的画片，是你的照片。”瑟瑟虽然一直暗恋世林，但她终于也被白朴的真情感动了。这张暗藏的画片就如她深藏未露的情感，他一看就会明白。

看过画片后，他颓然跌坐在床沿，低垂着头，喃喃道：“我明白那句话了……我真愚蠢……”

“白朴，别这样，你应该高兴，她也喜欢你呀！”我不愿看到他颓废的样子，这令我难受。

白朴抬头望了我一眼，那目光中有种我不能明了的感情，是幸福？痛苦？还是悔恨？不，我说不清那是一种什么样的目光。我忍不住在他身边坐下，轻轻拍拍他的肩膀，当年我也是这样安慰瑟瑟的。

“请你支持我。”他说。他紧紧握住了我的手，他的手是冰凉的，和我一样。

“让我们互相支持吧！”我说，接着向他讲述了我昨天下午的经历。

我省略了关于植物情感变化测定仪的部分，因为白朴说过，他认为植物有感情的说法是荒诞的。我强调说明，从瑟瑟的实验室里藏有 CN 研究所的剧毒制品、瑟瑟的离奇死亡以及马吕斯的出现这三点，就可以推断马吕斯有很大的谋杀嫌疑。

“今天下午我就能得到化验结果。只要那确实是一种新研制的病毒，单凭这一点，我就可以报告公安部门和相应的国际组织。但我还需要你的帮助，白朴。”

白朴握着我的手在剧烈地颤抖，我相信此时，仇恨与愤怒也正在他的胸中翻腾。

我需要白朴的帮助，而且他必须这样做，他必须协助我及公安部门、国际组织的各种调查，证明自己的清白。不管怎么说，他也是 CN 研究所的一员，至少在研制生化武器上有难以洗刷的嫌疑。

“我明白了。”他望着我，恳切而坚定地说，“我会去察看马吕斯的实验室。今天下午你如果得到了肯定的消息，请马上告诉我。”

“如果证实了那种液体是生化武器原病毒，我打算约马吕斯今晚在瑟瑟的研究所会面。”

“是我们与他会面，同时，我会联系好本地公安部门把他当场抓获。如果马吕斯拥有特殊病毒，很可能会像杀害瑟瑟那样杀害你。记住，我们要并肩战斗！”白朴说。

“好，我们并肩战斗。”我有些哽咽了。

“这件事你没有告诉顾世林？”

“没有。”

“那就别告诉他。这次行动太危险，涉险的人越少越好。”

“我也是这么想的。”

白朴望了我一眼，仿佛了解我所有的心意。他的嘴角露出一丝笑意:“现在，把那二十字的密码告诉我好吗?”

现在是 12 月 25 日晚 7 点 20 分，我正坐在瑟瑟的中央实验室里等待白朴的到来。我的心情既紧张又激动，目光则停留在实验台上摆着的那个小小的药剂瓶上。

顾世林已为我带来了我想要的答案。这个看似普通的小瓶子中有一个可怕的魔鬼—— 一种类似艾滋病毒的新型病毒。它主攻呼吸道和消化道感染，能使感染者自身的免疫系统在半个月内遭到彻底的破坏。这种病毒以多种植物提取液加上动物激素化合而成，无色无味，是一种极其可怕的“隐形杀手”!

杀害瑟瑟的，应该是另一种毒剂，比起我面前的这种“隐形杀手”，那种会使人心肌梗死的药物实在是“小巫见大巫”。而能研制出“隐形杀手”的人，绝对能够研制出那种相对简单的毒剂来。

我和白朴约好了 7 点半在瑟瑟的中心实验室会面，并约马吕斯今晚 8 点来此处。当然，白朴已通知了公安机关，从 7 点 40 分起就开始对整个实验区实行监视。计划应该是万无一失了。

我现在的心情有如即将上战场的战士那么紧张和兴奋。

植物情感变化显示仪上的图像出现异状，有人进入了桦树林。是白朴吗?不，不是他。

桦树的感情变化是那么强烈，甚至超过了上一次马吕斯出现时的情况。屏幕上出现高频波状线，仿佛桦树颤抖的心，一如心肌梗死病人的心电图，连仪器本身也开始微微振动，并发出嗡嗡的声音。

“一模一样！简直一模一样！”我不禁叫出声来，脸变得煞白。这图像与瑟瑟被害时的记录极其相似。

我努力抑制自己心中的惶恐，对图像进行“情感辨识”。辨识结果：“极度的仇恨！”

极度的仇恨！难道是马吕斯提前来了吗？但为什么昨日与今日，桦树的情感变化会有这么大的改变？这不符合逻辑！

不，不，冷静，我要冷静下来。从头至尾想一想，我觉得遗漏了什么，我的推理和判断是在哪一步出现了错误？

植物感情变化测定仪上显示的不是“极度反感”，而是“极度的仇恨”。难道，马吕斯不是真凶？

也许……也许还有一种解释。

真凶另有其人？我从不敢这样想，甚至不忍心做这样的假设。

如果我敢于在心里吐出那个名字，一切问题就很容易得到解释，因为这个人可以比马吕斯更方便地杀害瑟瑟。

我心里乱成一团麻，甚至不能思考下一步该怎么做，直到听到了那个人的声音：“平，我来了。”

这一刻，我如雷轰顶，心痛欲裂，全身战栗不已。

真的是白朴！马吕斯只是他的帮凶。而他居然叫我“平”！

他应该正在输入密码，马上就要进来了！

我猛地跳了起来，把“隐形杀手”装进提包，又近乎下意识地带上那桶“桦树之酒”，迅速离开中心实验室，冲进走廊斜对面的另一间房间。

这大概是间书房，屋里一片黑暗。我背靠着关上的门，微微喘息，心脏猛烈跳动，几乎要从嗓子眼儿里蹦出来。

我听到了走廊里的脚步声，只有一个人，他一个人来的。对了，他并不知道有一种仪器早已揭穿了他的真实身份。他也许还要演一场戏，骗回“隐形杀手”，然后，他的同伴马吕斯会到来，他们可以一起杀死我。

当然，不会有什么公安人员来协助我，我不会傻到此刻还指望白朴预先通知公安机关。

我屏住呼吸，等待着白朴进入实验室的那一刻。这里所有的房间在每次开启后都会自动关上，我只等着白朴进入中心实验室，门一关，我就可以乘机离开这里，冲出大门，逃离研究所。

我把嘴唇咬出了血，一丝甜腥味儿袭来。

“咔嗒”声后，又是“嗒”的一声——中心实验室的门关上了，我的等待已至尽头。我立即抽身出门，蹑足向走廊那一边的研究所大门走去。然而，我疏忽了一点：书房的门也会自动关闭，那暴露了我行踪的轻轻一声“嗒”对我而言不亚于山崩海啸的巨响。我不能企望于白朴的迟钝，他一定听到了。我不再蹑足，而是飞也似的一口气奔出了研究所。

不知何时，屋外已下起了大雪，雪片如鹅毛般铺天盖地而来。没有风，但桦树林仍在颤动，想来是它们对白朴的仇恨之情尚未平复。

我奔入林中，在那条林间小径上拼命地跑着。

白朴追上来了，他急促的脚步声与越来越近的呼吸像原始部落祭祀之夜的死亡鼓点。

他马上就要追上我了，逃是逃不掉的。我要赶快想个办法，不然就只能引颈受戮了。

提包里有件东西沉沉的，影响了我奔跑的速度。对了，那是“桦树之酒”，这种低温存放的植物兴奋剂一旦脱离低温环境就会立刻汽化。

我站住了，每每在最紧张的时刻我就会突然镇定。我取出“桦树之酒”，打开白色圆筒，又小心地打开内层恒温瓶的瓶盖。仅仅半秒钟，瓶中就腾出一阵水汽，在雪光的映照中仿佛闪着绿色的荧光。水汽散得很快，随风飘向林间的每一个角落。这时，白朴已追到了我的身后。

我盖上两层瓶盖，“桦树之酒”大约还剩一半，我希望自己还有机会把这剩下的一半交给许教授。

“平，是你吗？”白朴问，“你在做什么？”

我把“桦树之酒”放回提包里，回身面对着他。

“平，你为什么躲着我？我们不是事先约好了……”

我只是望着他，无法提出可以自圆其说的借口。悲愤且痛苦的目光早已暴露了我心中的秘密。

“原来如此……”他喃喃地说，脸色也变了。

也许是我的幻觉，我觉得此刻桦树颤动得更厉害了，枝叶相击发出哗哗的响声。桦林仿佛正经受着龙卷风的袭击，连树干也开始摇晃起来。

白朴从大衣口袋里掏出一个小瓶，大概是某种喷剂。

“你都知道了？是的，是这么回事。瑟瑟发现我和马吕斯合作研制生化武器，还掌握了我们的犯罪证据，她约我在这个地方会面，逼我向公安部门自首。她把我逼得太紧了，我没有办法，只能杀了她。马吕斯没有出手，他只是冷眼旁观，看我执行任务。”

我没有流泪，唇上的血也凝固了，心早已冰冷。我只是说：“我真愚蠢。”

“我才真正愚蠢。如果我早知道她对我的感情，或许我会有别的选择。”白朴摆弄着手中的喷剂，好像还没有对我动手的意思，“我一直恨她对我毫不在乎。现在想来，如果我当时选择自首，即使入狱，她也许都会等着我。我自小孤独，一无所有。马吕斯给了我一笔巨款，我想，金钱或是爱情，我至少该拥有一样吧？昨天你告诉我她对我的感情，我才真的后悔当初的选择。”

桦树树干开始左右摇摆，在我们身边发出可怕的哗啦哗啦的巨响。我的心中萌发出希望，但也未尝不为这种景象感到害怕。

白朴却依然不在意，他从不相信所谓的“植物情感”。他伸手拉我，我想甩开他的手，但他用右臂把我紧紧抱在怀里，左手已把那瓶喷剂凑到我的面前。

我不敢挣扎，怕挣扎时忍不住呼吸会吸进什么可怕的气体；我知道如果那样，我会像瑟瑟一般死去——心肌梗死，不留痕迹地死去，公安部门即使怀疑也找不到证据。

“我没有骗你。”白朴用一种异常温柔而此刻却令我毛骨悚然的语调说，“第一次见面时，我说的是真话。我很早就认识了你，甚至很早就喜欢你。但这一次我没有选择了，我们之间只有一个人可以活命。”

此时，整个桦树林已如地狱，四面充斥着可怕的声音，摇摇晃晃的大树，纷纷折断坠落的枝叶，鹅毛般的雪片，仿佛都是有生命的，全都一起在我们身边怒吼！不，不仅如此，它们也要战斗！

我们身边的几棵桦树更是摇摇欲坠，我们仿佛置身于即将倒塌的大厦底层。白朴也好像意识到了什么，一手死死抱紧我，不让我逃脱，一手把喷剂对着我的面部狂喷。

我紧闭着嘴，屏住鼻息，甚至闭上眼睛。我害怕极了，不知道自己还能强忍多久，再这样下去，我没被毒死就先窒息了，死亡的大门仿佛已向我敞开……

忽然间，我听到轰隆一声巨响中夹着一声惨叫，抱着我的手臂松开了。

我睁开眼睛，只见白朴倒在地上，一棵粗大的白桦树重重地压在他的身上。不仅如此，还有三四棵桦树剧烈地摇摆着，接二连三地倒在他的身上，发出一声声的轰然巨响。这是桦树的愤怒。

风停了，雪停了，桦树林里静悄悄的。有人在虚弱地呻吟着。

我缓缓走到白朴身边，蹲下身子，以悲喜交加的心情默默望着他的脸。他的头受了重击，血流满面。虽然映着地上的雪光，我却仍然看不清他的表情。

他就要死了，救不活了，口中仿佛还喃喃地说着什么。我凑近他，想听清他最后的话。

“瑟瑟，那是瑟瑟的眼睛，到处都是……”

我抬头看去，黑暗的林中仍可见到桦树树干上无数的黑斑，仿佛无数只眼睛。

现在是 7 点 39 分。白朴已停止了呼吸。

马吕斯不久也会来吧？不要紧，我已向公安机关报了案，他们即将赶到现场。

明天下午我就要回 N 国去，相信不久就可以在世界各大报刊上看到关于 N 国在我国开设研究所研制生化武器并被当地公安机关破获的新闻。这些将给 N 国的生化武器计划带来沉重的打击，不过，瑟瑟和白朴的名字将不会见报。

明天，我又得离开 A 市了，离开我亲爱的故乡。我想再见世林一面，和他好好谈谈，再一次追怀我俩和瑟瑟共同度过的美好时光。

我隐隐听到了警车的声音，仿佛落幕的铃声，宣告又一个故事将要结束。此刻的我，忽然想到两天前初见白朴的时候，昏暗的海边，迷人的天色……

我轻声对着天空说：瑟瑟，你可以瞑目了！

一颗泪珠滑过我的腮边。

黄金的魔力 / 王晋康

时空节点上的斯文败类

黑豹把那人带进屋，小心地关上房门，对师傅点点头："喏，就是这个家伙。"然后，他为来人取下硕大的墨镜，撕掉贴在他眼睛上的两块圆形胶布。胶布藏在墨镜后面，外人是看不见的。来人揉揉双眼，用力眨巴着，以适应屋里的昏暗光线。

这是一个衣着普通的中年人，50 岁左右，是那种掉在人堆里也拣不出来的大众脸；他的衣着整洁，但显然都是廉价货，灰色衬衫，蓝色西裤，脚上是一双人造革的皮鞋；五官端正，但看来缺乏保养，皮肤比较粗糙，眼睛下面是松弛的眼袋，黑发中微见银丝；左臂弯里夹着一个中等大小的皮包。他现在已经适应了屋里的光线，目光冷静地打量着屋内的人。

老大胡宗尧，外号胡瘸子。他的左腿在一次武斗中受伤，落下终身残疾。胡老大朝黑豹扬扬下巴，声调冷肃地问："检查过了吗？"

黑豹嘿嘿笑道："彻底检查过了，连肛门和嘴巴里也抠过，保证他夹带不了什么猫腻——除了这个狗屁的时间机器。他宝贝得很，不让我检查。”

“那么，”老大朝那“狗屁机器”扫一眼，平静地问来人，“你就是那个任中坚教授吧，这些天你在满世界找我？”

来人没有直接回答，声音平稳地说：“我想你该先请我坐下吧，我不习惯站着说话。”

胡瘸子稍微一愣，哂笑着点点头：“对，先生请坐，”然后嘲讽地说，“教授，别笑话，咱是粗人，记不住上等人的这些臭规矩。”

任教授自顾自坐到旁边的旧沙发上，把自己的皮包放到身旁，冷静地打量着眼前的一切。这位胡老大四十六七岁，身材瘦削，小个子，浑身干巴巴的没有几两肉，皱纹很深，眼窝深陷，目光像剃刀一样锋利。想不到名震江湖、警方悬赏 100 万捉拿的贼王是这么一个模样，通缉令上的照片可显不出他的神韵。

他身后那个肌肉发达的年轻人，黑豹，也是悬赏榜上有名的人，是贼王近几年的黄金搭档。和贼王一样，他素以行事果决、心狠手辣而闻名。不过，说他们心狠手辣也许有点儿冤枉。这对贼搭档倒是一向遵守做贼的道德，取财而不害命——除非迫不得已。在迫不得已的情况下，他们对杀人放火可不会有丝毫的犹豫和自责。

屋里灯光昏暗，窗户都用黑布窗帘遮得严严实实，就像是幽深的山洞，不过没有阴暗潮湿的气息。偶尔能听到窗外的汽车喇叭声。从声源近乎水平的方位猜想，这里很可能是平房或楼房的一楼。

胡老大从圈椅中站起来，瘸着腿，到屋角的冰箱中取出一罐啤酒递给客人，嘴角隐着讪笑："对待上等客人，咱得把礼数做足。请喝吧！现在言归正传，先生找我有什么见教？"

任教授拉开铝环，慢慢品尝着啤酒："我是个读书人，"没头没脑地说，"不光是指出身履历，更是指心灵。我的心灵里曾装满节操、廉耻、君子固穷之类的正经玩意儿。"

胡瘸子横他一眼，嘴里却啧啧称赞着："对，那都是些好货色，值得放到神龛里敬着。可你为什么找我呢？协助警方抓我归案吗？"

任教授自顾自地说着："可惜，一直到知天命之年，我才发觉这些东西太昂贵、太奢侈了，不是我辈凡夫俗子能用得起的。我发现，在这个社会中，很多东西都可以很方便地出卖以换取金钱，像人格、廉耻、贞操、亲情、信仰、权力、爱情、友谊等，唯独我最看重的两样东西，似乎永远和赵公元帅无缘，那就是才华和诚实劳动。"

胡老大看看黑豹，笑嘻嘻地问："那么，据任先生所说，我们是出卖什么的？"

任中坚冷冷地说："比起时下的巨枭大贪，你们只能算作小角色，不值一提。"他仍自顾自地说话，"常言说'善恶有报，时辰未到'，但据我看来，那些弹冠君子们似乎不大可能在现世遭报了。这一点实在让人心凉——毕竟我们已经不再相信虚妄的来世。所以，"他缓缓地宣布，"我要火中涅槃了，要改弦更张了。世人皆浊，何不淈其泥而扬其波？众人皆醉，何不餔其糟而啜其醨？”

虽然他说得过于文雅，但意思是明白的。贼王和黑豹这才开始提起精神：“对呀，你早这么说不就结了？说吧，你找我们，是不是有一笔大生意？”

任教授点点头：“不错，有一笔大生意。”他微微一笑，“不过首先我想弄清这儿是什么地方。虽然这位黑豹先生带我来时一直蒙着我的双眼，并且在市区和市郊转了几圈，但我天生有磁感，能蒙目而辨方向。据我判断，这儿仍是在市区，大致是在市区北部，我没说错吧？”

贼王脸色略变。这儿是他的一个秘密巢穴，看来今后不敢再用了。他回头冷冷地看着黑豹，黑豹不服气地低声说：“不可能！我开着汽车至少拐了30个弯！”

任教授笑道：“只要能感觉到每次转弯的方向，估算出每两个转弯之间的距离，大脑就能自动计算出所走的途径。这种积分就算是蚂蚁脑也能完成。好了，不说这些题外话了。”他指指左边的窗户，“我猜想这边应该是北边，对吧。如果打开窗户，就能看到一幢18层的银行大楼。”

贼王钦服地说：“没错，再往下说。”

“大楼的地下室有一个庞大的金库，是江北数省的战略库存。那儿的黄金……多得，就码放在敞开的货架上，金光闪烁，让你睁不开眼睛。”

贼王已经感到临战的紧张，或者，不如说是感到了对黄金的饥渴，嘴里发干，肾上腺素开始加快分泌：“说下去，说下去！”

“可惜那里戒备森严——混凝土浇成的整体式外壳，1米厚的钢门，24小时的武装守卫。进库要经过5道关口，包括通行证、密码和指纹验证。钢门上有两个相距3米的锁孔，必须俩人同时操作才能打开。屋内设有灵敏的拾音装置，即使是轻微的呼吸声也能放大成雷鸣般的声响，并自动触发警报。虽然你们是赫赫有名的贼王和贼帅，我想你们对它也无可奈何——恐怕想也不敢想。”

黑豹从他的语气中听出轻蔑，满面通红地正要发作，胡瘸子微微摆头，制止住他：“对，我们没能进去过，想也不敢想。你能吗？”

“我更进不去。但我有这个玩意儿。”他傲然地举起那个皮包，“时间旅行器。”

贼王和黑豹交换着怀疑的神色：“时间机器？我知道，从科幻电影中看过。我也听说过爱因斯坦的相对论……”

任教授不客气地截断他的话头：“我不认为以你的知识水平能懂得相对论，所以不必在时间旅行的机理上浪费时间。好在我的时间机器已经成功了，你满可以当场试验，来一个最直接明白的试验，这么着，以你们的知识水平也能得出明确的结论。”

这个浑蛋，贼王在心中悻悻地骂道，似乎不想放过每一个机会来表示他的轻蔑。他忍住怒意冷冷地说：“好吧，试验咋个进行？”

“当场试验。”教授自信地说，打开皮包，取出一个银光闪闪的仪器。仪器比手掌略大，呈螺壳形，曲线光滑，光可鉴人，正面有一个手形的凹陷。他把手掌平放在凹陷处，机器马上唧唧地叫了两声，指示灯也开始闪烁。贼王和黑豹不由得绷紧全身的肌肉——谁知道这是不是警方的圈套？谁知道里边会不会喷出强力麻醉剂？黑豹已悄悄掏出手枪，但贼王示意他装进去。他不愿被这个读书人看轻，而且——说来很奇怪，尽管来人是主动投身黑道，是来商量打家劫舍的勾当，但他仍觉得对方是一个光明磊落的君子，不会搞那些卑鄙龌龊的阴谋。

任教授仔细调校了机器的表盘："好，请你们注意了！请用眼睛盯牢我！"他抬起头，再次强调，"你们盯牢了吗？"

"盯牢了。"两人迷惑地说，"咋了？"

"现在我要消失了。请盯牢我，我要消失了。"在两人的睽睽目光下，他微笑着按下一个按钮，立时——他消失了，连同他身下的椅子，消失得干净利落。只有他原来所在之处的空气微微振荡，形成了一个近乎人形的空气透镜，这种畸变也很快消失了。

余下的两人目瞪口呆。这可不是魔术，魔术师都必须借助道具，要玩一点儿障眼法，那些手法一般都难以逃脱贼王和贼帅的贼眼。可是这会儿，没有任何中间过程，一个活人真的从两人的盯视中消失了！两人面面相觑，睃着四周。一分钟，两分钟……胡宗尧轻声喊着："任先生？任先生？"

5分钟后，任教授又"唰"地出现了，仍坐在原处，连姿势都没变。看来，他很满意自己对二人造成的震惊，嘴角上牵动着笑意。

贼王敬畏地说:“先生，你……用的什么障眼法?”

“我没用障眼法，我仍在原地，只是回到了昨天这个时辰。”

“胡说!”黑豹忍不住喝道，“昨晚我俩一直在这儿，怎么没看见你?”

教授冷冷地瞟了他一眼:“谁说没看见?我还和你俩聊了一会儿。你俩看见我突然冒出来，惊得像是……”他忍住唇边的笑意，“刚从枪口下逃生的兔子。”

“胡说!纯粹是胡说!你甭拿我俩当傻瓜。要是昨天我见过你，今天咋就忘了?”

教授不客气地截住他:“因为你在宇宙中已经分岔了，现在坐在这里的，是从正常的时间之河中走过来的‘这个’黑豹，而不是昨天曾遭遇时间旅行者的‘那个’黑豹。请闭嘴!”他皱着眉头说，“我不愿贬损你的智力。我知道在你们的行当中，你俩都是出类拔萃的角色。但老实说，我不相信你们能理解时间倒错中的哲理问题。现在请你决定，”他对贼王说，“咱们是用半年时间讨论这些哲理呢，还是用这台机器干一些实事。”

贼王显然异常困惑，但他很快从困惑中跳了出来，摇着脑袋钦服地说:“听任先生的，甭指望咱俩的猪脑袋能想通这些事。不过，我相信任先生的机器，因为他刚才确确实实从咱俩眼皮底下消失了，这事掺不了假。”

任教授也赞赏地看看他，很有点儿英雄相惜的味道:“不错，胡先生的思维直截了当，能一下子抓住问题的关键。”

黑豹仍不服气，但他冷笑着，抱着姑妄听之的态度听下去。贼王则温和地笑道：“任先生，我信服你的时间机器。可是，这和金库有什么关系？用上它就能穿过墙壁和钢门吗？”

“不，当然不能。用它连一道窗纱也穿不过。因为它只能进行时间旅行而不能做空间上的跃迁。但有了时间机器，我们就自由了，就可以采用某个窍门，使用某种巧妙的手法。”

“什么窍门？请指教！”

“这幢银行大楼是什么时候建成的，你们知道吗？”

贼王对这个问题摸不着头脑，略有不耐地说：“不知道，我打听这个干啥？”

“是 1982 年开始建造，1984 年建成。所以，我们可以回到 1982 年以前，然后，在那个时间断面上，我们可以自由地进行空间移动……”

贼王非常敏锐地理解了教授的意思：“你是说，先从银行之外的某个地方回到 1982 年前，再从那儿走到将要盖金库的地方。因为那时根本没有金库，所以我们走到那儿不会受任何限制；然后，走到将来的金库中心，再使用时间机器回到现在——这时，我们就已经在金库中了，对不？”

“对，你的脑瓜很灵。”任教授真诚地夸奖着，就像在课堂上夸奖自己的得意门生，“不过，不一定要回到现在，只需回到‘金库建成、黄金存入’的任一时刻就成。”

“然后……带着黄金站在原地，再开动时间机器回到 1982 年以前，我们就可以自由自在地走出金库大门了！因为那时根本就没有金库和库门！任先生，我说得对不对？”他急不可耐地等着老师的判分。

“完全正确。”老师微笑道。

贼王不由得哈哈大笑，笑得声震屋瓦：“妙，实在是太妙了！还有，拿上黄金后甚至不用回到现在——虽说这桩生意干得天衣无缝，到底得担惊受怕不是？咱们干脆回到‘黄金被盗之前’的某个时候，痛痛快快地享受一番。那时的黄金还没丢呢，雷子们干瞅着咱们花钱也没办法，他们不能为几年后的盗窃案抓人，对不对？”

“原则上没错。不过……我还是要回到现在。”教授目光暗淡地说，“我想让‘现在’的妻子儿女享受一番，这一生，他们太苦了。”

贼王得意地捶着黑豹的肩膀：“妙极了，实实在在是妙不可言！这么干，让那些雷子们‘狗咬尿泡，没处下嘴’。”

黑豹也信了，嘿嘿地笑着。贼王笑够了，才坐回到椅子上：“任先生，真是绝妙的主意，不过，还有一点儿疏漏。”

“什么疏漏？”

“金库的拾音系统！咱们再怎么神不知鬼不觉，但只要一进入金库——我是指已经建成的、有黄金的金库，拾音系统马上就会发出警报，警卫马上就会赶到。”

任教授不慌不忙地说：“那时，我们已经带着黄金返回了——不过，毕竟太冒险、太仓促。我还有一个悄悄干的主意。7 年前，就是 1992 年 9 月 11 日，金库的拾音系统出了故障，整整一天也没能排除，后来只好从银行系统外请了一些专家会诊，我是其中之一。坦率地说，正是我找出了故障所在，在次日上午修好了。”

“那时……你就开始打这个主意？”

很奇怪，听了这话，任教授像是被鞭子抽了一记，有些恼羞成怒了：“胡说！那时我一心一意查找故障，根本没起这种卑鄙念头。”

贼王在心中鄙薄他的矫情，冷笑道：“是吗？那太可惜了，否则趁机会揣两根出来，也不至于像你说的半辈子受穷。”

这时，教授已经控制了情绪，心平气和地摇摇头：“当时我确实没有这个念头。银行尊重我，懂得我的价值，我也就全心全意为他们解难。不过，即使有顺手牵羊的念头也办不到。那儿有重兵把守，我们进出门都要更换所有的衣服……不说这些了。”他回到正题上，“我们可以回到拾音器不起作用的这两天，在库内无人时下手。”他自信地说，“我的机器非常精确，在百年之内的时间区间里，返回时刻的误差不会大于 3 分钟。”他笑着解释道，“我刚才消失了 5 分钟，对吧。那是为了留下足够的时间让你们确信我消失了。实际上，我可以在消失的那一瞬间就返回，甚至可以在消失之前返回，让两个任中坚坐在你们的面前。”他看到了两人的怀疑神色，接着说道，“有了这个时间机器，你就获得了绝对的自由，这中间的妙处，局外人是难以真切体会的……不过，不说这些了，我怕说得越清楚，你们反倒会越糊涂。咱们还是——按你们的说法——捞稠的说吧。请你们再想想，这个计划还有什么漏洞？”

黑豹附在贼王耳边轻声说了几句，贼王点点头，温和地笑道：“任先生，这个计划已经很完美了。不过，黑豹和我都有一点儿疑问，一点儿小小的疑问。”他的眼中闪着冷光，“按任先生的计划，你一个人足以独立完成。为什么要费神费力地找到我们？为什么非要把到手的黄金分成三份？任先生天生不会吃独食吗？”

两人的目光如刀如电，紧紧盯着任教授的神情变化。他没有马上回答，但也没有丝毫惊慌。沉默良久，他才叹息道：“这个计划的实施还缺一件极关键的东西——金库的建筑图，我需要知道金库的准确坐标和标高。建筑图现在一定存放在银行的档案室里。”

贼王立即说道：“这个容易，包给我们了！”

教授又沉默良久，才意态纠结地说：“其实，这并不是我来找你们的真实原因。我虽然没能力偷出这份图纸，但我可以返回到 1982 年、1983 年，也就是金库正在施工的那些年份，混在建筑工人中偷偷量几个尺寸就行了。虽然稍许麻烦些，但完全可以做到。”

贼王冷冷地说：“那你为什么不这样干？”

“我，”他踌躇着说，“几十年来一直自认是社会的精英，毫无怨怼地接受精英道德的禁锢。如今我幡然悔悟了，把禁锢打碎了。我真正体会到，一旦走出这种自我囚禁，人们可以活得多么自由自在——但我还是没能完全自由。比如，我可以在这桩罪恶中当一个高参，但不愿去亲手干这些丑恶勾当，正像孔夫子所说的‘君子远庖厨’。”他苦笑道，“请你们不要生气，我知道这些心境可笑可悲，但我一时还无法克服它。”

贼王冷淡地说：“没关系，就按先生的安排——你当黑高参，我们去干杀人越货的丑恶勾当。反正我们也不是第一次干。”

贼王难以抑制自己的怒意，但他至此已完全相信了这位古怪的读书人。这个神经兮兮的家伙绝不会是警方的诱饵。他不客气地吩咐道：“好了，咱们到现在算是搭上伙了。黑豹，你在三天内把那些图纸弄来，我陪着任先生留在这里。任先生，这些天请不要迈出房间半步，否则……这是为了你好。听清了吗？”

“知道了。”任中坚平静地说。

教授是一个很省事的客人。两天来，他一直待在指定的房间，大部分时间是躺在床上，两手枕在脑后，安静地看着天花板。吃饭时，他就下来那么一二十分钟，安静地吃完饭，对饭食从不挑挑拣拣，然后再睡回床上。胡宗尧半是恶意半是揶揄地说：“你的定力不错呀！有这样的定力，赶明儿案子发了，蹲笆篱子也能蹲得住。我就不行，天生的野性子，宁可挨枪子也不愿蹲无期。”

床上的任先生睁眼看看他，心平气和地说：“你不会蹲无期的。凭你这些年犯的案，早够得上三五颗枪子了。”看到贼王眼里闪出的怒意，他又平静地补一句，“如果这次干成，我也够挨枪子了。”

“那你为什么还要干？你不怕吗？”

教授又眯上眼睛。贼王等了一会儿，以为他不愿回话，便要走开，这时教授睁开眼睛说：“不知道，我也没料到自己能走到这一步。过去，我是自视甚高的，对社会上各种罪恶、各种渣滓愤恨不已。可是我见到的罪恶太多了，尤其是那些未受惩罚的趾高气扬的罪恶。这些现实一点一点地毁坏着我的信念，等到最后一根稻草加到骆驼背上，它就突然垮了。”

说完，他又闭上眼睛。

第三天中午，黑豹笑嘻嘻地回来，把一束图纸递给正在吃午饭的任教授。教授接过图纸，探询地看看他。黑豹笑道：“很顺利，我甚至没去偷。我先以新疆某银行行长的名义给这家银行的刘行长打了电话，说知道这幢银行大楼盖得很漂亮，想参考参考他们的图纸。刘行长答应了，让我带个正式手续过来。我懒得搞那些假手续，便学着刘行长的口音给管档案的李小姐打了个电话，说，我的朋友要去找你办点儿事，你适当照顾一下。”

贼王笑着夸道：“对，学人口音是黑豹的绝招。”

“随后，我直接找到李小姐，请她到大三元吃了一顿，夸了她的美貌，给她买了一副钻石耳环，第二天，她就顺顺当当地把图纸交给我去复印了。”

教授叹了口气，低声说：“也许你们不必使用时间机器了，只要找到金库守卫如法炮制就行了。”

黑豹没听出这是反话，瞪大眼睛说：“那可不行！金库失窃可不比一份图纸失密，那是掉脑袋的事，谁敢卖这个人情？”

贼王瞪了他一眼，让他闭上嘴巴。这会儿，教授已经低下头，认真研究金库的平面图，仔细抄下金库的坐标和标高。随后，他意态落寞地说：“万事俱备，可以开始了。不过，我要先说明一点，这部机器是我借用研究所的设备搞成的，由于财力有限，只能造出一个小功率的机器。我估计，用它带上三个人做时间旅行是没问题的，但我不知道它还能再负载多少黄金。也许我们得造一个功率足够大的机器。”

贼王不客气地盯着他：“那要多少钱？”

“抠紧一点儿……大概 1000 万吧。”

贼王冷笑道：“1000 万我倒是能抓来，不过坦白说，没见真佛，我是不会上香的。我怕有人带着这 1000 万躲到前唐后汉去，那时，我到哪儿找你？走吧，先试试这个小功率的玩意儿管用不管用，再说以后的事。”

银行大楼的北边是清水河。河边建了不少高楼，酒精厂的烟囱直入云霄，不歇气地吐着黄色的浓烟，浅褐色的废水沿着粗大的圆形管道排到河里，散发着刺鼻的气味。暮色苍茫，河岸上几乎没有人影。任教授站在河堤上，怅惘地扫视着河面和对岸的柳林，喟然叹道：“好长时间没来这里了。记得过去这里水质极清，柳丝轻拂水面，小鱼悠然来去，螃蟹在白沙河床上爬行。水车辚辚，市内各个茶馆都到这里拉甜水吃……1958 年，我还在这里淘过铁砂呢，学校停了课，整整干了两个月。”

“铁砂？什么铁砂？”黑豹好奇地问。任教授没有回答，贼王替他说:“大炼钢铁呗。那时的口号是钢铁元帅升帐，苦干15年，超英压美学苏联。这儿上游有铁矿，河水成年冲刷，把铁砂冲了下来，在回水处积成一薄层。淘砂的人把铁砂挖出来，平摊在倾斜的沙滩上，再用水冲啊冲啊，把较轻的沙子冲走，余下一薄层较重的铁砂……我那年已经6岁了，还多少记得这件事。”

“一天能淘多少？”

任教授从远处收回目光，答道:“那时是按小组计算的，一个组四个人，能淘两三斤、四五斤吧。”

黑豹嘲讽地说:“那不赶上金砂贵重了！这些铁砂真的能炼钢？”

贼王又替教授回答了:“干正事吧。”

教授不再言语，从小皮箱里取出一具罗盘、一具激光测距器，又取出图纸，对照着大楼的外形，仔细找到金库中心所在的方位，用测距器测出距离:“现在，金库中心位于咱们的正南方352.5米处，我就要启动时间机器了。等我们回到过去的某一年，比如说是1958年，就从现在站立的地方径直向南走352.5米，那就是我们要去的地方——不管那儿是野蒿丛还是菜地。”

贼王和黑豹都多少有点儿紧张，点点头，说:“清楚了，开始吧！”

“不，黑豹，你先把这棵小树挖掉。时间机器启动后，会把方圆一米之内的地面上的所有东西全部带到过去。这棵树太累赘。”

“行！”黑豹向四周扫视一番，跑步向东，不一会儿，他就从一个农家院里带着一把斧头返回了，不知道是借的还是偷的。他三下五下地就把那棵三米高的杨树砍断了，拖到一边去。“行不？开始吧！”

“好，我要开始了。”教授把测距器和罗盘收回皮包，挂到身上，仔细复核了表盘上的参数，“返回到1958年吧，那样更保险一些。1958年6月1日下午5点30分。选这个时辰，干活儿比较从容。”

两人都没有反对，不耐烦地看着他。教授轻轻按下启动钮。

扑通一声，三人从两米高的空中直坠下来，跌入水中。黑豹摔了个仰面朝天，咕噜咕噜地喝了几口水。他挣扎起来，暴怒地大叫道：“这是咋整的？”

好在这儿的水深只及腰部。那两人没有跌倒，教授高举着时间机器，惊得面色苍白，好久才喘过气来：“肯定是这41年间河道发生变化了。我们仍是在出发点，这儿就是咱们在1999年站立的那段河堤。真该死，我疏忽了，没想到仅仅41年，河道会有这么大的变化——谢天谢地，时间机器没有掉到水里，万一引起短路……咱们就甭想回去了。”

贼王沉着脸说：“回不到1999年倒不打紧，哪儿的黄土不埋人？问题是，恐怕金库也进不去了。”

教授苦笑道：“对——我会修复的，只是要费些时间。”

“好呀，”贼王懒懒地说，“以后最好别出娄子。我的手下要是出了差池，都会自残手足来谢罪的。先生是读书人，我真不想让你也少一条腿或一只手。”

教授眼神抖动一下，没有说话。惊魂稍定，他们才注意到河对岸十分热闹。那儿遍插红旗，人群如蚁。他们大多是小学生，穿着短裤短褂，站在河边的浅水中，用脸盆向岸上泼水，欢声笑语不绝，吵闹得像一池青蛙。不用说，这就是教授所说的淘铁砂的场面了。也许教授是有意返回此时来重温少年生活？时间已近黄昏，夕阳和晚霞映红河水。那边忽然响起集合哨声，人们开始收拾工具，都没注意到河对岸忽然出现的这三个人。这时，喇叭响了：“实验小学四年级一班四组今天获得冠军，并创造了纪录：捞铁砂 112 斤！”

充满激情的喊声在河面上悠悠地荡过来。教授突然浑身一震，转过身，痴痴地向对岸倾听着。贼王不耐烦地咳嗽一声，他才从冥思中惊醒。“没什么，”他没来由地红了脸，解释道，“广播上是在说我，说我们的小组。那天我们很幸运，挖到一个很厚的矿层。”

黑豹不解地问：“得冠军奖多少钱？”

“不，一分钱也没有。那时，人们追求的不是金钱……”

黑豹鄙夷地打断他的话：“傻子！那时的人们都是傻子！”

教授懒得同他说话，沉下脸说：“黑豹，你先留在这儿不动，给我当标尺。”他和贼王涉水上岸，取出罗盘和激光测距器，量出脚下到黑豹的距离是 3.5 米，又以黑豹的脑袋校准了方向，在岸上立了一根苇梃做标杆：“好，你可以上来了。”

三个人按罗盘指出的方向，向南走了 349 米，加上落水处至岸边的 3.5 米，总共是 352.5 米。眼前果然没有任何建筑，甚至没有农田菜地。这儿是一片低洼的荒地，黄蒿和茅子长得十分茂密。教授对着远处的标杆，反反复复地校对了方位和距离，又用高度仪测量了此处的海拔高度，抬起头说："没错，就是这里了，这里就是26年后建成的金库中心。不过从标高上看，金库位于地下2.5米处，我们得向下挖 2.5 米才行。"

黑豹不耐烦地说："那要挖到什么时候？"

"一定要挖。否则等我们跃迁到 1984 年，就不是在地下金库，而是出现在一楼的房间里——那时我们只能等银行警卫来给我们戴上手铐了。"

贼王厉声骂黑豹："少放闲屁！听先生的指挥，快去找几件工具来！"

"不用找啦，"黑豹笑嘻嘻地指指前边，"那不，有人送来了。"

晚霞中，四个小学生兴冲冲地走过来，两人抬着一个空铁桶，两人扛着铁锨，其中一把铁锨上绑着一面三角形的冠军旗。扛旗的家伙得意地舞动着锨把，旗帜映着晚霞的余光，晚风还送来这群小猴崽热闹的喳喳声：

"谁也赶不上咱们，咱们的纪录一定是空前绝后的！"

"今天全校加起来也比不上咱们组！"

"多亏小坚的贼眼。小坚，你咋知道那儿有富矿？"

"瞎撞的呗，我觉得那个回水湾处有宝贝，一锹下去，哇，那么厚的一层！"

黑豹嬉皮笑脸地迎上去：“小家伙们，借你们的铁锹用用。”

四个小孩停下来，犹豫地说：“干啥？天快黑了，我们还得回城呢。”

黑豹舌头不打顿地说着谎话：“知道吗？我们要在这儿建一个大银行，很大很大一个银行，得20年才能建成。现在，我们得挖个坑看看土质。赶明儿银行建成了，你们是头一份功劳。”

四个人看看旁边摊着的建筑图，看看那个学者模样的中年人。四人中的小坚——一个圆脸庞、虎头虎脑的小子很干脆地说：“行，我们帮你挖。来，咱们帮叔叔们挖。”

“不用不用，把铁锨借我们就成。”

黑豹和贼王接过两把锹，起劲地干起来。这儿土质很软，转眼间土坑已有一人多深。几个孩子饶有兴趣地立在坑边看着，不时向身边的任教授问东问西，但任教授只是简短地应付着。从四个孩子过来的那一刻起，任教授就一直把脑袋埋在图纸里，这时更显得狼狈，他干脆绕到坑的另一面，避过孩子们的追问。贼王抬起头看看那个有“贼眼”的小家伙，他赤着上身，脊背晒得黑黑的，眸子清澈有神，脸上时时泛起掩不住的笑意——看来他仍沉醉于今天的“空前绝后”的胜利。

贼王声音极低地问：“就是他？他就是你？”

“对。”教授苦涩地说，迅即摇摇头，“不，只能说这是另一个宇宙分岔中的我。这个小坚在今天碰见三个坏蛋，而原来的小坚并没有这段经历。”

他的声音极低，生怕小孩子们听见。那边的小坚忽然脆声声地问：“叔叔，你们建造的大银行要用上我们淘的铁砂吗？”

任中坚很想如实告诉他：不，用不上的。你们的劳动成果最后都变成一些满是孔眼的铁渣，被垫到地里去了。你们的汗水，你们的青春，尤其是你们的热血和激情，都被滥用了，浪费了，糟蹋了。他不禁想起那时在《中国少年报》上看过的一则奇闻：一个8岁的小学生用黄泥捏出一个小高炉，用嘴巴当鼓风机，竟然也炼出了钢铁。记得看到这则消息时，自己曾是那么激动——否则也不会牢记这则消息达40年之久。这不算丢人，那时我只是一个年仅9岁的容易轻信的孩子嘛。可是，当时那些身处高位的大人呢？难道他们的智力也降到9岁孩子的水平了？

他不忍对一个正在兴头上的孩子泼冷水，便缄默不语。那边，黑豹快快活活地继续骗下去：“当然，当然。你们挖的铁砂都会变成银行大楼的钢筋，变成了银行金库的大铁门。”

小坚咯咯地笑起来：“才是胡说呢！那时，人们的觉悟都极大地提高了，还要铁门干啥？”

另一个孩子说：“对，那时物质也极大地丰富了，猪肉鸡蛋吃不完，得向个人派任务。”

第三个孩子发愁地说：“那我该咋办哪，我天生不爱吃猪肉。”

任教授听不下去了，这些童言稚语不啻是一把把锯割心房的钝刀。他截断他们的讨论：“天不早了，要不你们先回去吧。至于你们的铁锹，”他原想说用钱买的，但非常明智地及时打消了这个主意，“明天你们还来干活吗？那好，我们用完就放在这个坑里。快回吧，要不爹妈会担心的。”

四个孩子答应了：“行，我们明天来拿。叔叔再见！”

“再见。”他在暮色中紧紧盯着他们，盯着41年前的自己，盯着儿时的好友。这个翘鼻头叫顾金海，40岁时得癌症死了；那个大脑门叫陈显国，听说成了一个司级干部，早就和家乡的同学割断一切联系；这个大板牙忘了名字——怎么可能忘记呢，那时整天在一块儿玩？但确实是忘了，只记得他的这个绰号。大板牙后来的境遇很糟糕，在街上收破烂，每次见到同学都早早把头垂下去。他很想问出大板牙的名字，但是……又有什么用呢？最终他只是沉闷地说：“再见，孩子们再见！”

孩子们快乐地奔跑着，消失在叶杨遮蔽的小道上。教授真想追上去，与那个小坚融为一体，享受孩提时的愉悦和激情，享受那久违的纯净……可惜，失去的永远不可能再得到，即使手中握有时间机器也不行。月挂中天，云淡星稀，远处依稀传来一声狗吠。直径2米、深2.5米的土坑已经挖好，他们借着月光再次复核了深度。然后，教授跳了下去，掏出时间机器，表盘上闪着绿色的微光。他忽然想起一件事，皱着眉头说：“把两只铁锹扔上去，我们不能带着它们去做时间旅行。可惜，我们要对孩子们失信了——原答应把铁锹放到坑里的。”

贼王嘲讽地看看他，隐住嘴角的讥笑：一个敢去盗窃金库的大恶棍，还会顾及会不会对毛孩子们失信？教授说：“来，站到坑中央，三人靠紧，离坑壁尽量远一些，我们不能把坑壁上的土也带去。现在，我把时间调到 1992 年 9 月 11 日晚上 10 点，就是金库监视系统失灵的那天夜里。”他看看两人，补充道，“我的时间机器是十分可靠的。但毕竟这是前人没做过的事情，谁也不能确保旅途中不出任何危险。如果二位不愿去，现在后悔还来得及。”

黑豹粗暴地说：“已经到这一步了，你还啰唆什么！老子这辈子本来就没打算善终。快点儿开始吧！”

贼王注意地看看教授。土坑遮住了月光，他只能看到一对幽深的瞳孔。他想，这个家伙的处事总是超出常规。看来，这番交代真的是为两个同伴负责，而不是用拙劣的借口想甩掉他们。于是，贼王平和地说：“对，我们没什么可犹豫的，开始吧！”

任教授抬起头，留恋地看看洁净的夜空，按下了启动钮。

“唰”的一声，三人越过 34 年的时光。体内的每个原子都因快速的奔波而振荡。他们从一米高的空中扑通一声掉了下去，落到了水泥地板上——为了保险，教授把位置设定在金库地板之上一米。落地时，他们的脚掌被撞得生疼，但三人没心思去注意这点儿疼痛。

他们确实已到金库之中，确实越过了厚厚的水泥外壳和一米厚的钢门——不过，不是从空间中越过，而是从时间中越过。金库占地极宽，寂无人声，几十盏水银灯寂寞地照着，那是为监视系统的摄像镜头提供光源的。金库外一定有众多守卫，尤其是监视系统失灵的这个当口。但这里隔音极好，听不到一丝声响，恰似一个封闭万年之久的坟墓。

是黄金的坟墓，敞开的货架上整齐地码放着无数金条，闪着异光。贼王和黑豹仅喊了半声，就急急跑过去，从货架上捡起妖光闪烁的沉甸甸的金条。贼王用牙咬了咬，软软的。没错，这是货真价实的国库黄金。不是做梦！

教授仍站在原处，嘴角挂着冷静的微笑，就像是一场闹剧表演的旁观者。黑豹狂喜地奔过去，把他拉到货架前："你怎么干站着？你怎么能站得住？任先生，真有你的，你真是天下第一奇才，我服你啦！"

他手忙脚乱地往怀里揣金条："师傅，这次咱们真发了，干一辈子也赶不上这一回。下边该咋办？"

贼王喜滋滋地说："听先生的，听任先生安排。"

教授有条不紊地指挥着："把那几个板箱搬到坐标原点，就是咱们原先站的地方，架高到一米。我们必须从原来的高度返回，否则返回之后，两腿就埋到土里了。"

"行！"黑豹喜滋滋地跑过去，把木箱摆好。

"每人先拿三根吧。我说过，这台时间机器的功率太小，不一定能携带太多的东西。"

黑豹一愣，恼怒地说："只拿三根？这么多的金条只拿三根？"

"没关系的，可以随意返回嘛，你想返回 100 次也行。"

贼王想了想，说："好，就按先生说的办。"

每人揣好金条爬到木箱上，任教授调校着时间机器，黑豹还在恋恋不舍地看着四周。忽然，机器内响起干涩嘶哑的声音，教授失望地说:“果然超重了，每人扔掉一根吧。”

他们不情愿地各掏出一根扔下去，金条落地时发出沉重的声响，但机器仍在哀鸣着。“不行，还超重，每人只留下一根吧。”

黑豹的眼中冒出怒火，犟着脖子想拒绝。贼王冷厉地说:“黑豹，把你怀中多拿的几根掏出来！”

黑豹惊恐地看看师傅，只好把怀里的金条掏出来，一共有五根。他讪讪地想向师傅解释，但贼王没工夫理他，因为他忽然想到一个主意:“黑豹，你先下去，少了一个人的重量，我和任先生可以多带十几根出去——然后再回来接你。”

黑豹的眼睛立即睁圆了，怒火从里面喷出。拿我当傻瓜？你们带着几十根金条出去，还会回来接我？把我扔这儿给你们顶缸？其实，贼王并没打算扔下黑豹不管，但他认为不值得浪费时间来解释，便利索地抽出手枪喝道:“滚下去！”

黑豹的第一个反应是向腰里摸枪，但半途停住了，因为师傅的枪口已经在他鼻子下晃动着。他只好恨恨地跳下木箱，走到一米之外，阴毒地盯着木箱上的两人。教授叹息道:“胡先生，没用的。这种时间机器有一个很奇怪的脾性，它对所载的金属是单独计算的。也就是说，不管是三个人还是两个人，能够带走的金属物品是一样多的。不信，你可以试试。”

贼王沉着脸，一根根地往下扔金条。直到台上的金条只剩下三根时，机器才停止呻吟。贼王非常恼火——费了这么大的力气，只能带走三根！满屋黄金只能干瞅着！但教授有言在先，他无法埋怨。再说也不必懊恼，只要多回来几趟就行了嘛。他说："三根就三根，返回吧。"

教授看看下面的黑豹："让他也上来吧！"

当金条一根根往下扔时，黑豹的喜悦也在一分分地增长。很明显，如果这次他们只带走三根，他就有救了——贼王绝对舍不得不返回的。现在，教授说让他上去，他殷切地看着师傅。贼王沉着脸——刚才黑豹掏枪的动作丢了他的面子。不过，他还是阴沉地说："上来吧！"

黑豹如遇大赦，赶忙爬上来。机器又开始呻吟了，黑豹立即惊慌失措。教授也很困惑，想了想，马上明白了："你身上的手枪！把手枪扔掉。"

黑豹极不愿扔掉手枪。也许到了某个时候，它会有用的。面对着妖光闪烁的黄金，他可不敢相信任何人。不过，他没有别的选择。他悻悻地扔掉手枪，机器立即停止嘶叫。三个人同时松了一口气。"我要启动了。"教授说。

贼王说："启动吧——且慢，能不能回到 1967 年？"他仰起头思索片刻，"1967 年 7 月 10 日晚上 9 点。我很想回到那时看看。看一个……熟人。"

"当然可以，我说过，只要是 1984 年之前就行。"他按贼王的希望调好机器，"现在，我要启动了。"

又是"唰"的一声，光柱摇曳，他们在瞬间返回到 25 年前。

金库消失了，他们挖的土坑也消失了，脚下是潮湿的洼地，疯长着菖蒲和苇子。被惊动的青蛙扑通一声跳到近处的水塘里，昆虫静息片刻又欢唱起来。

不过，这里已经不像 1958 年那样荒凉。左边是一条简陋的石子路，通向不远处的一群建筑，那里的大门口亮着一盏至少 1000 瓦的电灯，照得门前白亮亮的。很奇怪，大门被砖石堵死了，院墙上写着一人高的大字，即使在夜里，借着灯光也看得清清楚楚：

“谁敢往前走一步，叫你女人变寡妇！！！”

教授苦笑道：“胡先生，你真挑了一个好时间。我知道这儿是 1963 年建成的农中，现在是 1967 年。农中‘横空出世’，那帮小爷儿们都是打仗不要命的角色。咱们小心点儿，可别挨枪子。”

黑豹没有说话，一直斜眼瞄着贼王怀里的两根金条。贼王也没说话，好像在紧张地期待着什么。不久后，远处传来脚步声，一个小黑影从夜色中浮出，急急地走过来，不时停下来向后边张望。贼王突然攥紧教授的胳膊，抓得很紧，指甲几乎陷进肉里。10 分钟后，教授才知道他何以如此失态。原来那个小黑影就是贼王小时候。他凶猛地喘息着，从他们面前匆匆跑过，没有发现三个大人。从他踉跄的步态可以看出，他已经疲惫不堪，据贼王说，后来发生的事让他失去了哥哥，自己只是在某种信念的支撑下才没有倒下……

照着罗盘的指引，他们向正北方向走了精确的 349 米，来到草木葳蕤的河边。贼王阴狠果决地说：“往下进行吧，抓紧时间多往返几次。不过，”他询问教授，“返回金库前，需要把已经带出来的金条处理好，对吧。”

“那是当然，如果随身带着，下一次就无法带新的了。”

贼王掏出怀里的两根金条，“那么，把它们放到什么地方？不，应该说，放到什么年代？”

教授也掏出怀中的一根，迟疑地说：“回到1999年吧，如果回到1999年以前的时间，我恐怕……没脸去花这些贼赃。”

贼王恼怒地看着他，真想对他说：“先生，既然你已经上了贼船，就不必这么假意撇清了。”但他只是冷淡地说：“那样太麻烦，咱们把黄金就埋在这个年代吧。等咱们攒下足够的金条再来分。”

黑豹疑惑地问：“就埋在河边，不怕人偷走？”

教授微笑道：“完全不用担心。有了时间机器，你应当学会按新的思维方式去思考。想想吧，咱们可以——不管往返几次——准确地在离开的瞬间就返回，甚至在离开之前返回，守在将要埋黄金的地方。有谁能在咱们眼前把黄金偷走呢，你甚至不用埋藏，摆在这儿也无妨。”

黑豹听得糊里糊涂。从感觉上说，他根本不相信教授的话，但从逻辑上又无法驳倒。最后，他气哼哼地说：“行，就按你说的办——不过，你不要捣鬼，俺爷儿俩都不是吃素的！”

他有意强调与贼王的关系。只是，在刚才的拔枪相向之后，这种强调不免带着讨好和虚伪的味道。教授冷淡地看看他，看看贼王，懒得为自己辩解。贼王对黑豹的套近乎也没有做出回应，蹲下来扒开虚土，小心地埋好三根金条。想了想，又在那儿插了三根短苇梃作为标记。在这当儿，教授调好了时间。

“立即返回吧，仍返回到1992年9月11日晚上10点零5分，就是刚才离开金库之后的时刻——其实，也可以在离开前就返回的，但是，那就会与库内的三个人劈面相遇，事情就复杂了。所以，咱们要尽量维系一个分岔较少的宇宙。喂，站好了吗？”

两人紧紧靠着教授站好。教授没有注意到黑豹目中的凶光，按下按钮。就在他手指按下的瞬间，黑豹忽然出手，凶狠地把贼王推出了圈外！

空气振荡片刻后归于平静。只听见一声闷响，那是贼王的脑袋撞上铁架的声音。不过，他并没有被推出“时间”之外。因为在他的身体尚未被推出一米之外时，时间机器已经起作用了。黑豹唰地跳到货架后，面色惨白地盯着贼王。他没有想到是这个局面。他原想把贼王留在过去，那样一来，留下一个书呆子就好对付了，可以随心所欲地逼他为自己做事。可惜，贼王仍跃迁回了金库，按他对师傅的了解，他绝不会饶过自己的。

贼王慢慢转过身，额角处的鲜血慢慢流淌下来。他的目光是那样阴毒，让黑豹的血液在一瞬间冻结。教授惊住了，呆呆地旁观着即将到来的火并。贼王的右臂动了一下，分明是想拔枪，但他只是耸动了右肩，右臂却似陷在胶泥中，无法动弹。贼王最终明白了是咋回事——自己的一节右臂已经与一根铁管交叉重叠在一起，无法分离了。他急忙抽出左手去掏枪，但在这当儿，机敏的黑豹早已看出眉目，他猛跨过来，按住师傅的左臂，从他怀中麻利地掏出枪，指着师傅的脑袋。

惊魂稍定后，黑豹目不转睛地盯着贼王的右臂。那只胳膊与铁架交叉着，焊成了一个斜十字。交叉处完全重合在一起，铁管径直穿过手臂，手臂径直穿过铁管。这个奇特的画面完全违反人的视觉常识，显得十分怪异。被铁架隔断的那只右手还在动着，做着抓握的动作，但无法从铁管那儿拉回。黑豹惊惧地盯着那儿，同时警惕地远离师傅，冷笑道："师傅，对不起，你老了。不过，刚才你想把我一个人撇在金库时，似乎也没怎么念及师徒的情分。"

贼王已经知道自己处境的无望，便将生死置之度外了。他根本不理睬黑豹，扭过头看向教授，脸色苍白地问："教授，我的右臂是咋回事？"

教授显然也被眼前的事变惊呆了，他走过来，摸摸贼王的右臂。它与铁架交融在一起，浑然天成。教授的脸色比贼王更惨白，语无伦次地说："一定是恰恰在时间跃迁的那个瞬间，手臂与铁架在空间上重合了……物质内有足够的空间可以互相容纳……不过，我在多次实验中从没碰上这种情况……任何一篇理论文章都没预想到这种可能……科幻小说家也没预见过……"

黑豹不耐烦了，从架上拿了三根金条揣在怀里，对教授厉声喝道："少啰唆，快调整时间机器，咱俩离开这儿！"

教授呆呆地问："那……贼王怎么办？你师傅怎么办？"

黑豹冷笑道:“他老人家……只好留在这儿过年了。”

教授一愣，忽然愤怒地嚷道:“不行，不能把他一个人留在这儿！这样干太缺德。黑道上也要讲义气呀。”

“讲义气？那也得看时候。现在就不是讲义气的黄道吉日。快照我说的办！”他恶狠狠地朝教授扬了扬手枪。

教授干脆地说:“不，我决不干这种昧良心的事。想开枪你就开吧。”

黑豹怒极反笑了:“怎么，我不敢打死你？你的命比别人贵重？”

“那你尽管开枪好了。不过，我事先警告你，这架机器有手纹识别系统，它只听从我一个人的命令。”

贼王看看教授，表情冷漠，但目光深处分明有感激之情。这会儿轮到黑豹发傻了。没错，教授说的并非大话，刚才他明明看见教授把手掌平放在机器上，机器才开始亮灯。也许，该把他的右手砍下来带上，但谁知道机器会不会听从一只“死手”的命令？思前想后，他不敢造次，只好在脸上堆出歉意的笑容:“其实，我也不想和师傅翻脸，要不是他刚才……你说该咋办，我和师傅都听你的。”

怎么办？教授看看贼王，再看看黑豹，用不容置疑的口吻说:“你先把手枪交给我！”他补充道，“你放心，我不会把枪交给你师傅的。”

黑豹当然不愿意交出武器，他十分清楚师傅睚眦必报的性格。但是他没有办法。尽管他拿着枪，其实他和贼王的性命都掌握在教授的手里。另外，教授的最后一句话让他放了心，想了想，他痛快地把枪递了过去。

教授把手枪仔细揣好，走过去，忧心地看着贼王：“没办法，胡先生，只好把你的手臂锯断了。”

贼王刚才已经做好必死的准备，这时心情放松了，笑道：“不就是一只胳膊嘛，砍掉吧——不过手边没有家伙。”

教授紧张地思索片刻，歉然道：“只有我一个人先返回了，然后我带着麻醉药品和手术器械回来。”

贼王尚未答话，黑豹就高声叫道：“不行！不能让他一个人回去！”他转向贼王，“师傅，不能让他一个人离开。离开后他还能回来？让我跟着他！”

教授鄙夷地看着他，没有辩白，静静地等着贼王的决定。贼王略微思考片刻——他当然不能对教授绝对放心，但他更不放心黑豹跟着去。最后，他大度地挥挥手：“教授，你一个人去吧，我信得过你！”

黑豹还想争辩，但贼王用阴狠的一瞥把他的话止住了。教授感激地看看贼王，低声说：“谢谢你的信任，我会尽快赶回来。”他站到木箱上，低下头把机器时间调整到 1958 年 6 月 1 日晚 9 点后，按下按钮。

“唰”的一声，金库消失了，他独自站在夜色中。眼前没有他们挖的那个 2.5 米深的土坑，而是一个浅浅的水塘，他就立在水塘中央，两只脚陷进淤泥中。他不经意地从泥中拔出双脚——忽然觉得双脚比过去重多了。不，这并不是因为鞋上沾了泥，而是他的双脚已与同样形状的两团稀泥在空间上重合，融在一起了。他拉开裤腿看了看，脚踝处分明有一道界线，线下的颜色是黑与黄的混合。

那么，他终生要带着这两团稀泥生活了。也许不是终生，很可能几天后，这双混有杂质的双脚就会腐烂发臭。他苦笑着，不知道自己为何老是出差错。时间机器是极为可靠的，他已经在上千次的实验中验证过。但为什么第一次投入使用就差错不断？比如说，这会儿他就不该陷在泥里，这儿应该有一个挖好的 2.5 米深的土坑呀……原因在这儿！他发觉，表盘上不是 1958 年 6 月 1 日，而是 1978 年 6 月 1 日。在紧张之中，他把时间调错了，所以返回的时刻晚了 20 年。

那么，眼前的情景就是不幸中之大幸了。毕竟他只毁坏了一双脚，而不是把脑袋与什么东西（比如一块混凝土楼板）搅在一块儿。

先不要考虑双脚的事，他还要尽快赶回去救人呢。他不能容忍因自己的过失害死一条人命，即使他是恶贯满盈的贼王。眼前是一片沉沉的黑夜，只有左边亮着灯光，夜风送来琅琅的读书声。他用力提着沉重的双脚向那边走去。

这正是他在第二次返回时见过的农中，这会儿已经升格为农专了。看门的老大爷正在下棋，抬头看看来人，问他找谁。教授说找医务室。老大爷已经看到他的苍白脸色，忙说：“医务室在这排楼的后面，你快去吧，要不让老张（他指指棋伴）送你过去？”

“不，谢谢。我能找到。”教授自己向后面走去。读书声十分响亮，透过雪亮的窗户，他看见一位老师正在领读英语。教授想，这是1978年啊，是恢复高考的第二年。他正是在这年考上了清华。那时，大学校园到处是琅琅的读书声，到处是飞扬的激情、纯洁的激情，学生们都十分珍惜得之不易的学习机会，想追回已逝的青春……

其实，何止是大学校园。在这么个偏僻破败的农专校舍里，也可以摸到那个时代的强劲脉搏。教授驻足倾听，心中涌出浓浓的怅惘。这种情调已经久违了。

他叹息一声，敲响了医务室的门。这是个十分简陋的医务室，显然是和兽医室合在一起的。桌上有两只硕大的注射针管，肯定是兽用的。墙上挂着兽医教学挂图。被唤醒的医生或兽医揉着眼睛，听清来人的要求，吃惊地喊道:“截肢？在这儿截肢？你一定是疯了！”

看来不能在短时间内说服他了，教授只好掏出手枪晃动着。在枪口的威逼下，医生顺从地拿出麻醉药品、止血药品，还遵照来人的命令从墙上取下一把木工锯。不过他仍忍不住好心地劝道:“听我的话，莫要胡闹，你会闹出人命的！”

来人后来便消失在门外的夜色之中。

教授匆匆返回到原处，又跃迁到离开金库的时刻。就在他现身于金库的刹那，他忽然觉得胸口一震——是非常奇怪的感觉，就像是一团红热的铁砂落进牛油中，迅速冷却、减速，并陷在那里。沉重的冲力使他向后趔趄了一下，勉强站住脚步。眼前，黑豹和贼王正怒目相向，而他正处于两个人的中间。贼王的脑袋正作势向一边躲闪，黑豹右手扬着，显然刚掷出一件东西。

教授马上明白是怎么回事了：一定是在他离去的时间里，两人又火并起来，黑豹想用金条砸死师傅，而自己恰好在金条掷出的一刻返回，于是那条黄金便插入自己的胸口了。他赶回来的时间真是太巧了啊！也许，这就是人们常说的报应？他凄然苦笑，低头看看胸前。衣服外面露出半根金条，另外半根已与自己的心脏融成一体。他甚至能“用心”感觉到黄金的坚硬、沉重与冰冷。

三人都僵在这个画面里，呆呆地望着教授胸前的半根金条。贼王和黑豹想，教授马上就要扑地而死了。既然金条插到心脏里，他肯定活不成了。但时间一秒秒地过去，教授仍好好地站着。密室中跳荡着他的心跳声：咚，咚咚，咚，咚咚……

教授最先清醒过来，苦笑道：“不要紧，我死不了。我说过，物质间有足够的空间可以互相容纳，黄金并不影响心脏的功能。先不管它，先为贼王锯断胳膊。”他瞪着畏缩的黑豹，厉声喝道，“快过来！从现在起，谁也不许再钩心斗角！难道你们不想活着从这里走出去？”

黑豹被他的正气慑服了，低声辩解道：“这次是师傅先动手……皇天在上，以后谁再起歹心，叫他遭天打雷劈！”

贼王也消去目光中的歹毒，嘶声地说：“以后都听先生的。开始锯吧！”

教授为贼王注射了麻醉剂，又用酒精小心地把锯片消了毒。黑豹咬咬牙，拎起锯子哧哧地锯起来。贼王脸上毫无血色，刚强地盯着鲜血淋淋的右臂。胳膊很快被锯断了，教授忙为他上了止血药，包好。在他干这些工作时，他胸前突起的半根金条一直怪异地晃动着，三个人的目光都尽量躲开它。

手术完成了，贼王眯上眼睛喘息片刻，睁开眼睛说：“我的事完了，教授，你的该咋办？”

“出去再说吧。”

“也好，走，记着再带上三根金条。”

三人互相搀扶着登上木箱，教授调好机器，机器忽然发出干涩嘶哑的呻吟。“超重！”教授第一个想到原因，“我胸前已经有了一根，所以我们只能带两根出去了。”

三人苦笑，都没有说话。黑豹从怀里抽出一根金条扔到一米开外，机器的呻吟声马上停止了。

“好，我们可以出发了。”

他们按照已经做熟的程序，先回到 1958 年，再转移到河边；走前栽下的苇梃仍在那里，用手扒开虚土，原先埋下的三根金条完好无缺。黑豹的心情已转为晴朗，兴致勃勃地问：“师傅，这次带出的两根咋办？也埋在这里吗？”

贼王没有理他，扭头看看教授胸前突出的金条：任先生，先把这个玩意儿去掉吧，也用锯子？”

教授苦笑道：“只有如此了，我总不能带着它回到人群中。”

“那……埋入体内的那半截咋办？”

“毫无办法，只有让它留在那儿了。不要紧的，我感觉到它并不影响心脏的功能。”

贼王怜悯地看着他。在这两天的交往中，他已对教授有了好印象，不忍心让他落下终身残疾。他忍着右臂的剧疼努力思索着，突然眼前一亮：“有办法了，你难道不能用时间机器返回到金条插入前的某个时刻，再避开它？”

教授苦笑着摇摇头。他当然能回去，但那样只能多出另一个完好无损的任中坚，而这个分岔宇宙中的任中坚仍然不会变。但他懒得解释，也知道无法对他们讲清楚，只是沉重地说：“不行，那条路走不通。动手吧！”

黑豹迟疑地拿起锯子，贴着教授的上衣小心地锯着。这次比刚才艰难多了，因为黄金毕竟比骨头坚韧。在木工锯的锯齿全部磨钝之前，金条终于被锯断了。衣服被锯齿刮破，教授胸口处鲜血淋漓，分明嵌着一个金光灿灿的长方形断面，与皮肉结合得天衣无缝。教授撕下已经破烂不堪的上衣，贼王喝令黑豹脱下自己的上衣，为教授穿上，扣好衣扣，遮住那个奇特的伤口。

贼王松了口气——忽然目光变冷了。他沉默片刻，突兀地问：“刚才锯我的胳膊时，你为什么不锯断铁管，像你这样？”

教授猛然一愣：“错了！”他苦笑道，“你说得对，我们可以把胳膊与铁管交叉处上下的铁管锯断嘛，那样胳膊就保住了。”

贼王恶狠狠地瞪着他。因为他的错误决定，让自己永远失去了宝贵的右手。但他马上把目光缓和了：“算了，不说它了。当时太仓促，我自己也没有想到嘛。下边该咋办？”

“还要回金库！”黑豹抢着回答，“忙了几天，损兵折将的，只弄出这五根金条，不是太窝囊了吗？当然，我听师傅的。”他朝贼王谄笑道，“看师傅能不能支持得住。”

贼王没理他，望着教授说：“我听先生的。这只断胳膊不要紧，死不了人。教授，你说咋办？现在还返回吗？”

教授没有回答，他转过身望着夜空，忽然陷入奇怪的沉默。他的背影似乎在慢慢变冷变硬。贼王和黑豹都清楚地感觉到了这种变化，疑惑地交换着目光。停了一会儿，贼王催促道：“教授？任先生？”

教授又沉默了很久，慢慢转过身来，手里……端着那把手枪！他目光阴毒，如地狱中的妖火。

自那根金条插入心脏后，教授时刻能感到黄金的坚硬、沉重和冰冷。但同时他也清楚地知道，黄金和他的心脏虽然已经相融，其实是处在不同相的世界里，互不干涉。可是，在黑豹哧啦哧啦地锯割金条时，插入心脏的那半根金条似乎被震散了。黄金的微粒抖动着，跳荡着，挤破屏障，与他的心脏真正合为一体了。现在，他的心脏仍按原来的节奏跳动着，咚，咚咚，咚，咚咚。不过，如果侧耳细听，似乎能听出这响声中带着清亮的金属尾音。

这个变化不会有什么危险，比如说，这绝不会影响自己的思维，古人说“心之官则思”，那是错误的。心脏只负责向身体供应血液，和思维无关。

可是，奇怪的是，就在亿万黄金分子忙乱地挤破空间的屏障时，一道黄金的亮光在刹那间掠过他的大脑，就如划破沉沉夜色的金色闪电。他的思维在刹那间变得异常清晰明断，冷静残忍。就如梦中乍醒，他忽然悟出，过去的许多想法是那样幼稚可笑。比如说，身后这两个家伙就是完全多余的。为什么自己一定要找他们合伙？为什么一定要把到手的黄金分成三份？实在是太傻了，太可笑了。

正所谓“朝闻道，夕死可矣”，现在改正错误还不算晚。不过，“夕死可矣”的人可不是自己，而是这两个丑类，两个早该吃枪子的惯盗。向他们开枪，他决不会良心不安的。

教授手中紧握着贼王那把五四式手枪，机头已经扳开。两人一时间惊呆了，尤其是贼王。他早知道，身在黑道，没有一个人是可以信赖的。他干了20年没有失手，就是因为他时刻这样提醒自己。但这一次，在几天的交往中，他竟然相信了这位读书人；虽然是逐步信任的，但这种逐步建立起来的信任又非常坚固。如果不是这会儿亲眼所见，他至死也不会相信任先生会突然翻脸，卑鄙地向他们下手。贼王惨笑道：“该死，是我该死，这回我真的看走眼了。任先生，我佩服你，真心佩服你，像你这样脸厚心黑的人才能办大事。我俩自叹不如。”

教授冷然不语。黑豹仇恨地盯着他的枪口，作势要扑上去。贼王用眼色止住他，心平气和地说："不过，任先生，你不一定非要杀我们不可。我们退出，黄金完全归你还不行吗？多个朋友多一条路。"

教授冷笑道："那么，多一个仇人呢？我想你们只要活着，一定不会忘了对我复仇吧。你看，这么简单的道理我到现在才想通——在黄金融入心脏之后才想通，这要感谢黄金的魔力。"

贼王惨笑道："没错，你说得对。换了是我，也不会放仇人走的，要不一辈子都睡不安稳。"他朝黑豹使个眼色，两人暴喝一声，同时向教授舍命扑过去。

不过，他们终究比不上枪弹的速度。"当当"两声枪响，两具身体从半空中跌落。教授警惕地走过去，踢踢两人的身体。黑豹已经死了，一颗子弹正中心脏，死得干净利落。贼王的伤口在肺门处，他用左手捂住伤口，在临死的抽搐中一口一口地吐着血沫。教授踢他时，他勉强睁开眼睛，哀怜无助地看着教授，鲜血淋漓的嘴唇嚅动着，似乎要对教授做临别的嘱托。

即使任中坚的心已被黄金淬硬，他仍然心生一丝怜悯。这几天的交往中，他对贼王的印象颇佳，甚至可以说，在黑道行当中，贼王算得上一条响当当的汉子。现在他一定是在哀求自己：我死了，请照顾我的妻儿。教授愿意接过他的托付，以多少减轻些良心上的愧疚。

他把手枪紧贴在腰间，小心地弯下腰，把耳朵凑近他轻轻嚅动的嘴唇。忽然，贼王的眼睛亮了，就像是汽车大灯唰地打开了。他瞪着教授，以猞猁般的敏捷伸出左手，从教授怀中掏出时间机器，用力向石头上摔去。“去死吧！”他用最后的力气仇恨地喊着。

缺少临战经验的教授一时愣住了，眼睁睁看着他举起宝贵的时间机器作势欲掷……但临死的亢奋耗尽了贼王残存的生命力，他的胳臂在最后一刻僵住了，没能把时间机器抛出去。最后一波狞笑凝固在他穷凶极恶的面容上。

教授怒冲冲地夺过时间机器，毫不犹豫地朝他胸膛补了一枪。

时间机器上鲜血淋淋，他掏出手绢匆匆擦拭一番。“现在我心静了，可以一心一意地去转运黄金了。”他在暮色苍茫的旷野中大声自语着。

三声枪响惊动了附近的住户，远处开始有人影晃动。不过，教授当然不必担心，没有哪个警察能追上他的时间机器，连上帝的报应也追不上。有了时间机器，作恶后根本不必担心惩罚。这甚至使他微微感到不安——这和他心目中曾经有过的牢固信念太不一致了。

现在，他又回到了金库，从容不迫地拿了三根金条塞到怀里，准备做时间跃迁。时间机器又开始呻吟起来。他恍然想到，自己的胸口里还保存有半根金条。也就是说，他每次只能转运出去两根半——实际上只能是两根。这未免令人扫兴。

“只能是两根？太麻烦了！”他在寂静的金库中大声自语。

这实际上并不麻烦。每次时间跃迁再加上空间移动，如果干得熟练的话，只用 10 分钟就能完成一个来回。也就是说，一小时可以转运出去 12 根，8 个小时就是 96 根，足够他家的一辈子花销了。他又何必着急呢。

于是，他心境怡然地抛掉一根，把机器的返回时间调好，按下启动钮。

没有动静。他似乎听到机器内有微弱的噼啪声。他立时跌进不祥的预感中，手指颤抖着再次按下，仍然没有动静，这次连那种微弱的噼啪声也没有了。

一声深长的呻吟从胸腔深处泛出，冰冷的恐惧把他的每一个关节都冻结了。他已经猜出是怎么回事：是贼王的鲜血缓慢地渗进机芯中，造成了短路。

也许，这是对“善恶有报”“以血还血”等准则的最恰如其分的表述。

机芯短路算不上大故障，他对这台自己设计、自己制造的机器了如指掌，只要一把梅花起子和一台微焊机就能排除故障——可是，到哪儿去找这两种极普通的工具呢？满屋的金条闪着诱惑的妖光。黄金，黄金，到处是黄金，天底下最贵重的东西，令凡人趋之若鹜、不避生死的东西——偏偏没有他需要的两件普通工具。他苦笑着想起儿时看过的一则民间故事：洪水来了，财主揣着金条、穷人揣着糠窝窝爬上一棵大树。几天后财主终于知道，糠窝窝比黄金更贵重。他央求穷人，用金条换一个糠窝窝，穷人毫不犹豫地拒绝了。七天后，洪水消退，穷人爬下树时，捡走了富人的黄金。

那时，他幼小的心灵就敏感地感知了这不是一个好故事，这是在以穷人的残忍对付富人的贪财。也许，两人相比起来，这个穷人更可恶一些。但他怎么能想到，自己恰恰落得那个怀揣黄金而难逃一死的富人的下场呢。

时间一分一分地过去。等到天明后，这儿的拾音系统就会被修复。自己即使藏起来一动不动，呼吸声也会被外面发现，然后几十名警卫就会全副武装地冲进来。而且——拾音系统正是自己修复的，可以说是自己送掉自己（7 年后的自己）的性命。也许“善恶有报”是真的，今天的情况就是一次绝好的证明——但是为什么世界上会有那么多不受惩罚的罪恶？老天一定是个贪睡的糊涂家伙，他只是偶然睁开眼睛——偏偏看到自己作恶，教授冷笑着想。

不过，还未到完全绝望的地步呢。他对那一天（也就是明天）的情形记得清清楚楚。有这一点优势，他已经想出一个绝处逢生的办法，虽然这个方法太残忍了点儿。

确实太残忍了——对他自己。

拿定主意后，他变得十分镇静。现在，他需要睡一觉，等待那个时刻（明天早上 8 点）的到来。他真的睡着了，睡得十分坦然，直到沉重的铁门声把他惊醒。他听到门边有人在交谈，然后一个穿土黄色工作衣的人影在光柱中走了进来，大门又在他身后呀呀地合上了。

任中坚躲在阴影里，目不转睛地盯着此人。这就是他，是1992年的任中坚，他是进金库来查找拾音系统故障的。他进了金库，似乎被满屋的金光耀花了眼。但他仅停留两秒钟，揉揉眼，就开始细心地检查起拾音系统。

阴影中的任中坚知道，“那个”任中坚将在半小时内找出故障所在，恢复拾音系统，到那时，他就无法采取行动了。于是，他迅速从角落里走出来，对着那人的后背举起枪。那人听到动静，惊讶地转过身——现在他不是惊讶，而是惊呆了。因为那个凭空出现的、目光阴狠的、端着手枪的家伙，与自己长得酷似！只是年龄稍大一些。

持枪的任中坚厉声喝道：“脱下衣服，快！”

在手枪的威逼下，那个惊魂不定的人只好开始脱衣服。他脱下上衣，露出扁平的没有胸肌的胸脯。这是几十年伏案工作、缺乏锻炼造成的。他的面容消瘦，略显憔悴，皮肤和头发明显缺乏保养。这不奇怪，几十年来他醉心工作，赡养老人，抚养孩子，已是疲惫不堪了。持枪的任中坚十分了解这些情况，所以他拿枪的手微微颤动了。

上衣脱下了，那人犹豫地停下来，似是征求持枪者的意见。任中坚知道他为什么犹豫：那人进金库时脱去了全部衣服，所以，现在他羞于脱去这唯一的遮羞之物。任中坚既怜悯又鄙夷他。看哪，这就是那种货色，他们在生死关头还要顾及自己的面子，还舍不下廉耻之心。很难想象，这个干瘪的、迂腐的家伙就是7年前的自己。如果自己早几年醒悟该多好啊！

他的鄙夷冲走了最后一丝怜悯，再次厉声命令：“脱！”

那人只好脱下了土黄色的工作裤，赤条条地立在强盗面前。他已经猜到了这个劫金大盗的打算：强盗一定是想利用两人面貌的相似换装逃走，而在金库中留下一具尸体。虽然乍遇剧变，不免惊慌，但正义的愤怒逐渐高涨，为他充入勇气。他不能老老实实地任人宰割，一定要尽力一搏。

他把脱下的裤褂扔到对方脚下，当对方短暂地垂下目光时，他极为敏捷地从旁边货架上拎起一块金条做武器，大吼一声，向强盗扑了过去。

一声枪响后，他捂住胸口慢慢倒下去，两眼不甘心地圆睁着。

任中坚看看手中冒烟的手枪，随手扔到一旁，又把死者拉到角落里。他脱下全身衣服，换上那套土黄色的裤褂。走到拾音器旁，用3分钟就排除了故障——他7年前已经干过一次了。然后他对着拾音器从容地吩咐：“故障排除了，打开铁门吧！”

在铁门打开前，他不带感情地打量着屋角的那具尸体。这个傻瓜、蠢货，他心甘情愿地用道德之网自我囚禁，他过了不惑之年还相信真理、正义、公正、诚实、勤劳这类东西。既然这样，除了去死之外，他还有什么事可做呢？

他活该被杀死，不必为此良心不安。

铁门打开了，外面的人惊喜地嚷着：“这么快就修好了？任老师，你真行，真不愧是技术权威！”

即使在眼下的心境里，听到这些称赞，任中坚仍能回忆起当年的自豪。警卫长迎过来，带他到小房间去换装。这是规定的程序。换装时任中坚把后背对着警卫长，似乎是不愿暴露自己的隐私，实则是尽力遮掩胸前的斑斑血痕和金条的断面。不过，警卫长仍敏锐地发现了异常，他低声问:“你的脸色怎么不对头？胳膊肘上怎么有血迹？”

任中坚脚步摇晃着，痛苦地呻吟道:“刚才我在金库里犯病了，跌了一跤。快把我送医院！”

警卫长立即唤来一辆汽车。3 分钟后，汽车载着换装后的任中坚风驰电掣般向医院驶去。

尾声

几天后，银行警卫长向公安机关提交了破案经过。这份报告曾在各家报刊和电台上广为转载，妇孺皆知。以下是报告的部分章节。

……凶手走出金库时，我们全都误认他是刚才进去的任教授。这并不是因为我们的心理惯性。事后，我检查门口的秘密录像，发现凶手的确同任教授极为相像，只是显得老了几岁。当时，我们曾觉得两人的气质略有不同，还发现他肘处有淡淡的血迹。但凶手诡辩说是在金库中犯病了，跌了一跤，因此才显得面色不佳和沾有血迹。我当时被蒙骗住了（我们确实想不到戒备森严的金库中会有另一个人），在监视他换装后，立即把他送到了医院。

不过，我从直觉上感到了异常，便征得在场领导的同意，带上两名警卫进库检查。很快，我们就发现库内有大量血迹，地上扔着几根金条，还有两支手枪。顺着血迹，我们找到真正的任中坚教授，那时他浸在血泊之中，还没有断气。我把他摇醒后，他艰难地说：

“劫金大盗……快……”

我立即安排人送任教授去医院，又带人去追凶手。追赶途中，我想到汽车司机小马身边有手机，便给他打电话，命令他就地停车。还告诉他，他的乘员是一名穷凶极恶的劫金大盗，千万谨慎从事，好在他身边不会有任何武器（他是在我的严密监视下换装的）。两分钟后，我们赶上了停在医院门口的汽车，透过加膜玻璃，看见凶手正用手绢死死勒住小马的脖子。幸亏我们及时赶到，小马才没有送命。

我们包围了汽车，喝令凶手下车。凶手很识时务，见大势已去，便顺从地停止勒杀，坦然下了车，被我们铐住了。他没有说话，只是轻轻叹息了一声。

以下的经过就近乎神话了，但我可以发誓这是真的，因为这是在四个警卫和十四个路人的目光睽睽下发生的，绝对不是某一个人的错觉。当凶手被铐住时，时间是上午 8 点 52 分——我们马上就知道，这也是任教授断气的时刻，因为载着任先生的救护车此时也响着警笛开到了医院。护士们往下抬人时忽然惊慌地喊着教授的名字，他的心脏刚刚停止跳动。恰在此刻，凶手惨叫一声，身体开始扭曲、委顿，身体的边缘开始模糊。这一切发生得极快，几秒钟之内，他的身体竟然化为一团轻烟，完全消失了！在他站立过的地方，只留下一堆衣服和一具手铐。

更令人不解的是，上衣中竟然包着半根金条。是被锯断的国库黄金，断口处是非常粗糙的锯痕。他怎么可能在赤身裸体换衣服时，躲过我的监视，把半根金条带出去？我绝不是为自己的失职辩解，但是，确确实实，这是不可能的。

总之，凶手就这样消失了，无法查出他的真实身份。我们把他在录像上的留影发往全国进行查询，至今也没发现有哪个失踪者与他的面貌相似——除了英勇牺牲的任教授，两人的容貌实在太相像了，甚至连声音也十分相似。

经查实，库内丢失五根金条（后来被群众在不远的河边发现），作案手法迄今未能查明。这个案子中有许多不解之谜。比如，凶手是怎么潜入金库的？他怎么能预知任教授会进库检查拾音系统，从而预先按任的相貌做了整容？任先生牺牲时，为什么凶手也恰恰在这一刻化为轻烟？这些问题至今没人能回答。

库房内还发现一台极为精致的机器，显然是凶手留下的。我们询问了不少专家，无人能说清它的功能。理论物理研究所的一位专家开玩笑说，如果一定要我说出它的用处，我宁可说它是一件极为巧妙的时间机器。当然，他的玩笑不能当真。

这台机器已经被封存，留待科学家设法为它验明正身。

我们已郑重建议政府追认英勇献身的任中坚教授为烈士，以告慰死者的在天之灵。

一个月后，政府令颁布，追认任中坚教授为烈士。

一掷赌生死 / 王晋康

我会等你，一年之后！

飞船“摩纳哥号”上。

女士们，先生们：

这里是拉斯维加星。我们热烈地欢迎来自母星的移民。自从地球人定居在本星球后，你们是第一批来自故土的亲人。拉斯维加星已经准备了面包、盐、哈达和桂冠来欢迎尊贵的客人，也为你们准备好了房间和热水，你们可以洗去一路的征尘。

以下介绍本星球的概况：拉斯维加星是人类第一个成功的太阳系外殖民地，距地球 324 光年。1200 年前，巨型亚光速飞船“轩辕三光号”载着 88473 名富有冒险精神的勇士，开始了人类第一次无预案飞行（注：指没有预定目的地的飞行）。飞船历时 989 年（注：指飞船外静止时间）后，幸运地遇到了与地球状况极为相似的本星，并在此定居。经过 211 年的开发，这儿已经建成了先进的拉星文明，人口增加到 1480 万。

拉星的公转和自转周期与地球极为接近，为避免时间换算上的不便，在拉星文明建立后，已经用人工方法把上述周期调整得与地球完全同步。所以，你们到达拉星后将有宾至如归的感觉。

再次热烈欢迎你们。拉星的 100 辆太空巴士已经出发，10 分钟后将与“摩纳哥号”会合。顺便播送一个通知：贵船“摩纳哥号”已经被拉星政府征用，经过一个月左右的维修和加注燃料，将立即开始新的飞行，这又是一次生死未卜的无预案飞行。船员初定为 80000 人，将从拉星居民的 259 万报名者中以抽签方式选出。贵船乘客如果愿意继续旅行，也可报名参加抽签。为了表达东道主的心意，对贵船乘客中着陆前的报名者，在抽签时给予三倍的加权系数。拉星政府博彩登记人员将乘第一辆太空巴士抵达贵船，受理登记事宜。

“摩纳哥号”是“轩辕三光号”起程之后从地球出发的第 28 艘飞船，这 28 艘中有 2 艘已经确认为失事，其他 26 艘则杳无音信。它们有可能安全抵达了某个星球并在那儿扎根，但因种种原因未能与母星建立联系，不过这种可能性几乎为零。所以从这个角度上说，“摩纳哥号”，还有 1200 年前的“轩辕三光号”，都是蒙幸运女神特别眷顾的。

“摩纳哥号”是在“轩辕三光号”699 年后出发的，历时 501 年（注：指飞船外静止时间）到达拉星，速度比它的兄长快得多。尽管如此，501 年仍是极长的时间，所以途中乘客仍选择采用休眠方式度过漫漫时光。不过，乘客们的思维并没有休息，在休眠前，所有乘客的思维被导入飞船 SWW（思维网）中，一直在学习、交往、娱乐，甚至包括虚拟的恋爱、结婚、生子。

现在，“摩纳哥号”已经泊在拉星近地轨道上。当来自拉星的问候在“摩纳哥号”的船舱里响起时，大部分乘客还没完全醒过来呢！值班船长已经提前三天启动了休眠复苏程序，然后把SWW网中与各人有关的记忆分离，再分别回输到各人脑中。不过，复苏得有个生理上的滞后期，回输的巨量信息也得有一个消化过程，所以，等拉星的几位博彩登记人员匆匆进入飞船、用带着拉星口音的地球语言开始喊话时，飞船上乘客的神经反应速度已完全赶不上他们的语速：

“拉斯维加星欢迎来自母星的客人！有参加本飞船后续飞行的请即刻报名！三倍的加权系数，相当于一个人可以参加三次抽签！优惠期到太空巴士着陆后即截止！本登记人有国家颁发的正式资格证书！……”

“摩纳哥号”上的80050名乘客每50人分为一组，被分散到拉星社会中。刚明军所在的小组内有他的四个熟人：朴智远、朴智英兄妹，他们的父母朴云山夫妇。刚家和朴家在登上飞船前就是邻居，旅途中，三个年轻人在SWW网中又是须臾不离的玩友。不过，小刚的父母刚书野夫妇在旅途中已经去世了。

拉星政府的安排非常周到，每个小组均配有一位导师，在一年时间内与小组成员生活在一起，帮助他们尽快融入本地社会。小刚所在小组的导师是谢米纳契先生，今年150岁。拉星人平均寿命为210岁，所以150岁正好相当于古地球人的“知天命之年”。谢米纳契先生非常尽职，而且友善宽厚，小组成员立刻就喜欢上他了。第一次见面时，他先在组员中找到了刚明军：“首先向刚先生表示慰问。你的父母在旅途中不幸以身殉职，他们将英名永存。拉星政府已经将他们的名字载入探险英烈榜中。”

小刚看着窗外，低声说：“他们是自杀，不是殉职。”

谢米纳契先生温和地反驳：“我看不出两者的区别。我知道当值班船长的艰难，长达 100 年的枯燥旅行，窗外是一成不变的宇宙背景，舱内是休眠如僵死的同伴，太孤单了，非常容易造成值班者的心理崩溃。所以，我认为他们二位就是殉职。”

刚书野夫妇是“摩纳哥号”第一任值班船长及值班科学官，他们尽职地工作了 100 年，然后唤醒第二任值班船长，与他做了详细的交班。但卸职后的两人并没有进入休眠，而是自杀了。这是 401 年前的事，小刚在 SWW 网中早就知道了这个噩耗，他简单地说：“我已经是 18 岁的成人了——或者 519 岁，如果加上网络年龄的话——我自己会处理这件事。谢谢你的慰问，不过请谈其他事吧！”

谢米纳契先生看了小刚一眼后，把话题岔开了。

他用一天的时间详细介绍了有关拉星社会的 ABC。随后他说：当然不可能光凭纸上谈兵就完全了解拉星社会，得有一个实践的过程。你们以后不论遇上什么问题尽管找我，我会尽力相助。他发给每人一张银行卡，此卡在一年内可以“无限透支”。一般来说，一年后新移民就会基本熟悉拉星社会，那时可以自由挑选一个职业，也就有稳定的收入了。

谢米纳契先生的第一期辅导就要结束了，他停顿片刻，郑重地说：“下面我要谈的仅是我个人的意见。因为拉星社会保障信仰自由，政府不好对以下问题公开表达什么意见，但我想以个人身份郑重提醒大家。正如你们已经看到的，拉斯维加星上已经建立了非常先进的文明，拥有非常强大的科技，但光明之中总会有阴影。这 100 年来，各届拉星政府最头疼的事情就是势力强大的‘上帝之骰教’……”

几个组员同时问：“什么教？上帝什么教？”

“上帝之骰教，即赌博中‘掷骰子’的‘骰’。”

智远好奇地说：“这可是个奇特的名字。”

“往下听你就不觉得奇怪了，这个名字和它的教义是密切相连的。该教派信徒数量占到拉星人口总数的 20%，即近 300 万。他们每个周日都会举行献祭仪式，与会人数为 20 万以上，以掷骰子的方式选中 100 个‘升天者’，被选中者当场献出自己的生命。每周日都是如此啊，据政府统计，从这个教派兴起至今，已经有 522100 人丧生。”

“50 万！”朴云山震惊地说，“如果在地球，它肯定会被定性为邪教，被政府取缔。”

谢米纳契先生摇摇头：“我们不愿称它为邪教，因为这些信徒确实是为了实践自己的信仰而不是出于邪恶的目的。这个教派没有常任的领导人，每周用掷骰子的办法选出一个领导者，称为庄家，负责下一星期的宗教活动。该庄家的生命也就这七天了，因为，他是下一星期的 100 个升天者中的一员。所以……他们的献身狂热十分可怕，确实可怕，5000 多代庄家接踵赴死，从没中断。”

他辅导的 50 个组员听后都害怕不已。

“它是一种极其危险的毒品，只要接触一次就有 20% 的上瘾率，并且上瘾后基本不能摆脱，因为它的教义暗合了人类的冒险天性。”谢米纳契先生叹了口气，“你们应该知道，人类的赌徒性是根深蒂固的。所以，要想避免陷进去，唯一的办法是彻底躲开它，远远地躲开它，不要被好奇心所害。”他再次强调，“你们一定要记住我的话！”

他特意拍拍小刚的肩膀：“小刚，你要记住我的话啊！”

其实，谢米纳契先生心里清楚，尽管他苦口婆心，反复劝诫，仍然会有抑制不住好奇心的人。这是由天性和概率所决定的，非人力所能扭转。比如这位小刚，如果他的性格和他自杀的父母相似，很可能就属于那 20%。

谢米纳契先生已经通过 SWW 网查到了他父母自杀的真正原因。

英子紧张地问：“谢米纳契先生，你让我们避开这些人，我们也愿意按你说的去做。可是，怎样从人群中辨认他们？”

“这倒是非常简单的。首先，信徒们都比较瘦，即使胖人在入教后也会拼命减肥。因为据他们说，升天时要通过的‘天之眼’是相当狭窄的。”

“噢，那我们在交往中会首先警惕瘦子。”

“还有一个更容易的辨认办法：信徒们在周日参加献祭仪式时，

一定会戴上这么一个徽章，喏，就这样的。”

他取出一个小小的徽章，图案是一枚六面体骰子，每个面上有从 1 到 6 的不同点数，与地球上赌徒们用的骰子完全一样。徽章由高科技方法制成，图案中那个骰子并不是死的，而是不停地跳动着，依次展示着不同的点数。在它背后是无限广袤的、缓缓变化的背景。小刚从他手里拈起这个徽章，好奇地观察着。看着它，就像是透过飞船舷窗看向深邃的宇宙——或者说，是有一只独眼正从宇宙深处看向他，这要看你站在哪个角度上了。但无论从哪个角度看，这个徽章都十分令人入迷。他央求谢米纳契先生：“这个徽章真精巧。先生，让我玩几天吧，我要拿它去和教徒们的徽章做比较。”

谢米纳契先生不忍拒绝这个孤儿，挥挥手，答应了他的央求。

小组成员们对谢米纳契先生的警告印象深刻，大伙儿都说一定牢记他的话。小刚捏着口袋里硬硬的徽章，心想，这么一个每周杀死 100 人的邪教，它的活动方式竟是如此明目张胆！

每位移民都得到了自己的房子，彼此留下联系电话后，分散着回了家。朴氏夫妇很同情失去父母的小刚，劝他住到朴家来，但小刚婉拒了，他想用自己的方法走出对父母的思念。随后的一个月内，小刚和朴氏兄妹几乎没有正经在家里待过。想想吧，一张可以无限透支的信用卡！无数地球上没见过的新鲜玩法！三个年轻人绝不会放过这个天赐良机的，连朴家父母都在外边玩得乐不思蜀了。

三个朋友最爱玩的新玩意儿，一个是空中滑板，形状和地球上的陆地滑板相似，但能悬空滑行。它无疑也是在磁悬浮的作用之下，但能悬浮到膝盖高度，又没有明显的动力来源，从这一点上看，拉星的科技水平要远远高于地球（至少是“摩纳哥号”起程前的那个地球）。另一个玩意儿是“蛀洞旅行大变脸”，两个透明球由弹性管相连，管径很细，玩家要努力顶开弹性管钻过去。人钻到弹性管之后，它就开始发疯般地扭动，把其中的人扭得像洗衣机里的衣服。好不容易钻到另一个球内，那个看似透明的圆球亦暗含机关——从外边看，里边的人是原型经过拓扑变换后的形象，至于如何变换则是完全随机的。小刚被变成一个打结的人，而朴智远则更恐怖，身体内腔全翻到了体外（这是拓扑变换规则允许的），各种器官密密麻麻地悬挂着。外边的小英吓得捂住眼睛，而里边的哥哥还在急切地问：我变成什么样子了？变成什么样子了？

三个星期后，他们又发现一种新玩意儿：最高通感乐透透。摊主是一位十八九岁的年轻姑娘，年龄比小刚他们略大一些。她非常漂亮，细腰盈盈一握，彩色头发扎成两个冲天辫，身穿吊带小背心，超短裙，身上挂满了小姑娘们喜欢的饰品。看见三人过来，她高声吆喝：“乐透透节日大酬宾！庆祝地球飞船胜利抵达拉斯维加星！一月内八折优惠！”

小刚走了过去，笑着说：“那你得对我们更优惠一点儿，我们仨都是‘摩纳哥号’的乘员。”

“是吗？你挺厉害的，不到一个月，拉星话已经说得很顺溜啦！好吧，对你们七折优惠。”她把三位客人迎进来，又加了一句，“其实，对你们不必优惠的，反正新移民们都拿着一张无限透支信用卡。”

不过，她还是用七折优惠让三个人玩了乐透透。那是一个类似宇航头盔的玩意儿，戴上它，经过十几分钟的调谐，玩家就能得到最高的快感，是一个人在一生中所能享受的快感的总和：婴儿吃母乳时的快感；婴儿被妈妈轻抚脸蛋的快感；与恋人接吻的快感；极度饥渴时进食饮水的快感；大成功后的喜悦；享受蓝天白云、清风山泉时的喜悦等，当然也少不了性快感。它们综合到一块儿，成了“痛彻心扉”的快乐，同时又是不带烟火气的。三个人都沉溺其中不愿离开，但女摊主只让每人玩半个小时，说这是法律严格规定的，每天不能超过半个小时，否则它就变成最厉害的毒品了。临走时，小刚有点儿恋恋不舍，倒不是舍不得这种玩法，而是因为这个漂亮快乐的姑娘。

他说：“能告诉我你的名字和电话吗？”

“当然可以。你叫我阿凌就行，我的电话在招牌上写着呢！”

小刚介绍了这边三个人的姓名和电话，“那，我能不能请你吃顿饭？”

“我当然乐意。”阿凌笑着说，“我知道你们有无限透支卡，一年内有效，所以在这一年内你尽可以多请我几次，我绝不会嫌麻烦的。不过，今天不行，哪天我有空的吧！”

智远说：“那我们下周来找你吧，我们仨轮流请你。”三人离开了这个小店后，小英撇着嘴说：“小刚，刚先生，你对姑娘们的进攻非常果断啊！”

小刚笑着说，这也属于谢米纳契先生所说的男人的冒险天性。小英反驳说，谢米纳契只说“人的冒险天性”，可没专指男人。小刚笑着说：“这就对了，女人也有冒险天性的，那你干吗不对你中意的男孩子主动进攻？”

第二天，他们在街上邂逅了阿凌，她仍是那身时尚打扮，只是外面套了一件淡青色的风衣。看见三人后，她首先打了招呼：“喂，你们三位好。我还惦着你们请客呢！”

小刚高兴地说：“那咱们现在就去饭店吧！”

阿凌歉然摇头：“不行，我今天有重要的事情，抽不开身。以后吧，下周吧！”她嫣然一笑，“如果下周我们还能见面的话。再见。”

最后这句话有点儿没头没脑，未等三个朋友反应过来，她就匆匆离开了。小刚一直专注地望着她的苗条背影，小英有点儿恼火，用胳膊肘推推他，说：“小刚哥，你别看啦，你的心上人已经走远啦！”

小刚扭回头，严肃地说：“你们没发现？她的风衣上戴着一枚‘上帝之骰’的徽章。”

“真的？我没看见。”

智远说，他也没注意到。

小刚说:“我看见了，不会错的，就在她风衣的翻领旁。今天是星期几？对，是星期日，她一定是参加那个献祭仪式去了。刚才她说什么来着？她说‘如果我们下周还能见面的话’——她已经做好赴死的准备了！”

朴氏兄妹相当吃惊，没想到谢米纳契先生的警告不到一月就应验了。

小英恍然大悟:“噢，你看，她很瘦，符合信徒的特征。”

小刚沉思片刻，果断地摸出那枚徽章，戴在胸前:“我要跟她去，看看那个教派到底在干什么。”

“不行的，不行的！”小英震惊地说，“谢米纳契先生说得再清楚不过了，那沾不得的，一沾上就会上瘾。”

智远也竭力阻止他，但小刚不在意地说:“我总不至于没有一点儿自控力吧？我一定要去，这么一个灿烂快乐的年轻生命，我不能眼看着她送命。”

他拔腿追了上去，朴氏兄妹紧跟在后边，努力劝他，小英急得要哭，但小刚一点儿不为所动。那件淡青色的风衣在人群中时隐时现，三人一直追到一家大型游乐园中，游戏摊点中夹着一个不大起眼的电梯门。这会儿，门前已经排起长队，来这儿的人仍然络绎不绝。三人认真观察着，来人果然都戴着那种徽章。电梯门开了，阿凌和众人走了进去，门又合上，门边的红箭头开始闪亮。小刚拦住他的两个朋友，不让他们再跟着，因为两人没戴徽章，再走近可能引起他人的怀疑。然后，他用力握了握两人的手，走向电梯门。

这是那种循环式的电梯，此刻方向只能向下。门又打开了，小刚和前边的十几个人走了进去。他心里忐忑不安，生怕被人认出是冒牌货，实际上根本没人注意他。电梯里的人都微笑着用眼神互相致意，但却一言不发。电梯嗡嗡地飞速下沉，似乎已经来到很深的地下。它终于停住了，门打开，人们鱼贯而出。

眼前的景象大出小刚的预料。他原以为这个献祭之地一定阴暗诡秘，或者庄严肃穆得令人敬畏，谁知，他看到的仍是一个大型游乐场。这是一个大溶洞，空间极为广阔，穹顶几不可见。场内彩灯辉煌，笑语喧天，大分贝的音乐轰鸣着，几万个（或者是几十万个，小刚对这么多人在数量上没有概念）盛装的男人、女人在尽情地玩闹，跳街舞、恰恰、伦巴、芭蕾；还有人在抖空竹，翻筋斗，打醉拳，舞太极……反正一句话，这是把地球上所有的狂欢节都挪到这儿了。阿凌早就消失在人群中，就像融入大海的一滴水，根本甭想找出来。

小刚在密密的人群中困难地穿行，观察着四周。他原来担心这里戒备森严，其实即使不戴徽章也不会有人注意。他挤到了广场中间，惊奇地发现这儿有一个魔幻般的玩意儿：一个黑色的球状物，静静地悬空飘浮着，其中似乎有无形的黑浪在里边不停地翻滚。小刚想，这就是谢米纳契先生说的“天之眼”吧？信徒们要通过它来升天。小刚在科学世家中长大，从不相信世界上有什么超自然的灵物，便想挨近去仔细看。但在距离黑球相当远的地方，他便被一道无形的屏障阻住了。屏障是半球状的，把那个悬空的黑球严密地包在里面。这当然不是上帝的法术，无疑是某种高科技的东西。

小刚入迷地看着这个悬空的黑球，抚摸那道无形的屏障。他想，眼前的这一切绝非儿戏。

音乐声突然停止，世界就像在这一瞬间突然停住了。狂欢的人们停止了动作，气喘吁吁地看着上方。从几不可见的穹顶上打来一束耀眼的光柱，落到广场中央的一座高台上。高台边有一支乐队，已经准备就绪。一个男人走到光柱中，向众人举起双手，大声宣布："我，上帝之骰教第5222任庄家，现在主持本次升天仪式。请大家就位！"

地灯亮了，把场地分成无数个棋盘格。下边传来一阵骚动，每人都做了轻微的移动，站到一个格子里，小刚也学大家占到一格中。

庄家再次扬起手："孩子们，向万能的上帝祈祷吧！"

下边响起一片吟哦声。小刚赶紧学起南郭先生，哼哼哝哝地糊弄着。他很快就听清了大家念的祈祷词，原来翻来覆去的只是一句话："我向万能的上帝祈祷，望上帝之骰能完成你老人家无力完成的事情。"

小刚怀疑地咂摸着：这句祈祷词怎么不是味儿。信徒们不像是在膜拜上帝，倒像在调侃他老人家！没错，小刚仔细地看看四周，吟哦的信徒们远说不上肃穆虔诚，他们的眼里都闪着顽皮的光芒。

祈祷结束，庄家庄严地发问：“孩子们，你们都做好升天的准备了吗？没有做好准备的请退出圈外！”

下边像小学生一样整齐地回答：“我——们——做——好——准——备——了——”

这会儿，小刚真想退出圈外——他可不想参加什么“升天”，把自己的命搭在里面。但他不想引起怀疑，咬咬牙，站在原地没有动。

庄家开始掷骰子了。在他脚下的高台上放着一个精致的金属盘，银光闪亮。投光设备把它投影到天幕上，显示出其上密密麻麻的棋盘格，这些格子和众人所处的格子是一一对应的。庄家拿出一个黑色的骰子，上面有 1 到 6 的数字，不过小刚随后便知道了，在这种掷骰方法中，点数实际是无用的。

第一次投掷开始。庄家把骰子投进金属盘里。骰子跳动着。它的弹性极好，跳了很长时间才停下来，静止在某个格子上。立时，与此格对应的广场中的那个格子“唰”地亮了，耀眼的光柱由地上射向穹顶，光度之强，似乎把格中那个人熔化了。乐队立即奏乐，鼓声钹声响成一片。

乐声停歇后，庄家宣布：“向第一个幸运者祝贺！”

那是个 30 岁左右的男人，他兴高采烈地向大家挥手，离开原位走到高台上。下面是如涛般的欢呼声。

掷骰依次进行，几十个幸运者陆续聚到高台上，有男有女，有老有少，不过以 20 岁左右的年轻人居多。下一次掷骰子出了点儿状况，骰子停住后，鼓声钹声响了起来，但广场上有两个棋盘格同时亮起又同时熄灭。下边响起一片“咦”声。庄家低头在金属盘里查看一番，笑着宣布：“噢，是一次巧合。骰子完全均等地压到两个格的中间线上，其均分的精度超过了仪器所能分辨的限度，无法四舍五入。现在怎么办？如果宣布此次掷骰无效，对这二位无疑是不公平的，我想应在二人中选一个。但是该如何选，是由大伙儿投票决定，还是让他们二位单独对决？”

下边响起一片声浪：“由大家投票决定！投票决定！”

庄家同意了，请那两人上台发表竞选演说，但只能说一句。两人中的男士先走上台，向大家行了礼，简短地说：“当然应该选我，请大家回忆一下地球上有史以来所有探险家的性别！”

台下轰然响起叫好声，当然主要是男声。演讲者得意地向四周鞠躬致谢。

那位女士随即上台，说：“那么我也请大家回忆一下地球绅士的高贵传统：女士优先！”

又是一片叫好声，这回男声女声都有。

庄家说：“下边开始投票。凡是赞成这位女士的就请拍拍手，凡是赞成这位男士的就请跺跺脚！”

众人兴高采烈地拍手跺脚，天幕上的投票数字飞速上升。不过，显然有些捣蛋鬼暗地里达成了某种共识。这会儿，天幕上的数字变换放缓了速度，一边数字蹦上去几个，紧跟着，另一边的数字就蹦上去几个。投票终于结束了：134293 对 134293，一票弃权。人群中传来此起彼伏的哄笑声。

在鼓钹声中，庄家为难地说：“又是一个平局！只好让他们二位单独对决了。当然不是用剑，仍然用骰子。规则如下：一掷定胜负，大点为胜。二位请吧。”

两人走近金属盘，女人从庄家手里接过骰子，撒到盘里。骰子蹦了一会儿，定住了，6点！鼓钹声响成一片，姑娘激动地跳起来说：“上帝偏爱我！”

小伙子看来要输，但他仍气度从容地掷出骰子。骰子跳动着，似乎要停到3点上，但它在最后一刻又弹了一下，把6个黑点停到上面。小伙子大声笑道：

“上帝对我也不差！”

不过，上帝对那姑娘似乎更偏爱一些，在第二次掷骰中，姑娘赢了。她兴奋地走到高台上幸运者的队伍里，小伙子则懊丧地回到台下的原位。

在热热闹闹的仪式中，小刚几乎忘了自己也是参与者。所以，等到第99次掷骰子，他脚下的方格忽然亮起时，他没有一点儿心理准备。在众人的欢呼声中，他几乎是无意识地走上高台，排在队末，并没决定好一会儿自己是否跟别人一块儿“升天”。

第一百次掷骰子不再是选升天者，而是选下一届的庄家，这次选中一位须眉皆白的老人。本届庄家拥抱了下届庄家，做了简单的交接，然后向大家挥手告别：“永别了，愿幸运与我同在！”

他走到幸运者队伍的第一个位置，开始脱衣服。后来，小刚才知道，每人成功通过天眼的概率与其信息总量（粗略地讲，就是体重）的指数成反比，所以升天者除了尽量减肥，还要去掉所有身外之物。赤裸的前任庄家已经站到那堵无形的屏障前，刚才它曾经阻止小刚往前走，现在它暂时打开了，庄家一个闪身便走了进去。接下来的场景让小刚目瞪口呆，因为那具身体一越过那道无形的界线，就立即悬浮起来，朝上方的黑球飞去，或者说是被黑球吸过去的。他的速度越来越快，眨眼间已经被黑球吞没。在吞没前的瞬间，可以看出他的身体已经被黑洞潮汐力拉得相当细长。

小小的黑球吞没了这个人，照旧不露声色地悬浮在场地中央。

直到这时，小刚才意识到，他所目睹的并不是闹剧或魔术。不管刚才的掷骰子程序是否有猫腻，反正信徒们的死亡是货真价实的。头顶飘浮的这个黑球无疑是个货真价实的黑洞，而拉星的科技水平已经能激发并控制这样的黑洞了。

排在队伍第二位的升天者也脱光了衣服，安详地向台下人群挥手，然后跨过那道死亡之线。此刻，大厅中的人群平静地吟哦着：

“永别了，愿幸运与我同在！”

“永别了，愿幸运与我同在！”

……

不过，小刚觉得，这刻意的平静下涌动着悲凉的暗潮。

黑洞吞吃了几十个人，仍然无喜无怒，用它的黑色独目冷眼看人。

小刚飞速地思索着。他不知道眼前看到的东西有多少是真的、多少是假的。至少他对一点有所怀疑，自己第一次走进这座大厅就被选中，“运气”未免太好了吧？要知道这是要在268586人中选100个，只有1/2685的概率啊！也许——有人发现他是窥探者，故意在骰子上捣了鬼？对于拉星的高科技来说，这是再简单不过的事……身后的老庄家轻轻推推他，原来，前边的99个人都已经“升天”完毕，轮到他了。他可不想糊里糊涂地把性命送到这个黑洞中，仓促中，脱口喊道：“我不愿升天！我不愿死！”

全厅愕然！20多万双目光汇到他身上，快把他点着了。他想，愤怒的信徒们马上会怒吼着扑上来，把自己撕碎，不过这一幕并没有发生。人们只是盯着他，目光中充满轻蔑不屑。他身后的下任庄家，那个老人，更是一脸不解。他走了过来，轻声问道：“你既然不愿升天，刚才庄家在做‘最后询问’时，你为什么不退到圈外？”

小刚面红耳赤，没法儿回答。好在有人及时打破了他的尴尬——是阿凌，她一直隐在人海中，这会儿露面了。她匆匆跑上台，对大伙儿说：“我认识他，他是从‘摩纳哥号’来的新移民，不知道咱们的规矩。其实，他根本不能参加升天，他肯定没通过提升呢！”

小刚不知道什么叫“提升”，但阿凌的救场显然缓和了大家的情绪。老庄家怀疑地看着小刚身上佩戴的“上帝之骰”徽章，不过没有再难为他，只是温和地让他退到台下。于是，小刚狼狈地退了下来，虽然他没脱衣服，但这会儿只觉得自己是赤身裸体，无数目光烙在他的后背上。

老庄家回头面向大厅：“这可是5222次升天中头一次碰见的意外，我只好提前进入庄家的角色了。现在咱们怎么办？我想应该再掷骰子选一个，我们不能留下一次不完美的升天。”

下面立即有人喊：“不用再选了！不用了！”那人快步走了上来，原来是刚才二选一被淘汰的小伙子，他对大伙儿说：“你们一定没忘记刚才那个不幸的落选者吧？他曾与对手战成三次平局，在最后一关不幸被淘汰。仁慈的教友们啊，为什么不把这次机会赐予他呢？”

台下众人都表示同意，老庄家也慈爱地点了点头。于是，这个落选者脱去衣服，跨过生死之线，高兴地喊道：“永别了，愿幸运与我同在！”

随后，老庄家宣布这次祭礼结束，26万人如水泻般井然有序地散去，只剩下小刚一人，孤零零地站在空旷的大厅内。本来，他很怜悯这群愚昧的教徒，但这会儿他觉得该怜悯的倒是自己。没说的，在大家眼里，他是个临阵脱逃的怕死鬼，被万夫所指、万人所骂。这一切都是他自找的。大厅里的灯光忽然熄灭，这里变成绝对的黑暗，黑得连他自己的肢体似乎都不存在了。只能看见那个黑洞仍在原地悬浮着、翻滚着——之所以能看见它，不是因为它会发光，而是因为它比四周的黑暗更黑。小刚慌了，一步也不敢迈。他焦急地喊：“有人吗？有人吗？”但声音被无边的黑暗吞没了。

忽然，灯亮了，电梯门随即打开，阿凌匆匆跑了出来，笑着说：“电脑统计显示少上来一个人，我心想肯定是你了。来，跟我走。”

她拉着小刚走进电梯。电梯平稳地上升，耳边是轻微的嗡嗡声。在电梯上升的途中，小刚非常尴尬，他想向阿凌做一番解释，但试了几次都张不开口——他根本没办法为自己的行为辩解。倒是阿凌体会到他的心情，平淡地说：“没关系的，我知道你并不是信徒，只是溜进来玩的，误打误撞被选上了。你不想升天是可以理解的，没人说你是胆小鬼。”

小刚听后只有苦笑。

电梯停了，门打开，智远和智英正焦灼地守在那儿，一看见小刚就惊喜地大叫起来，甚至不敢相信自己的眼睛，拉着小刚又是捏又是摸的。在他们看来，小刚身入“魔窟”竟然能全身而退，简直不可思议。阿凌立在旁边，笑眯眯地看着三人，等他们的情感发泄告一段落，她说：“我要走了，再见。以后去找我玩——还有，别忘了请我吃饭。”临走她补充一句，“小刚，你以后不要戴那枚徽章了，我是说，在你没成信徒前不要戴它。这在拉星社会中是犯忌的。”

小刚一下子面红耳赤起来。

阿凌走了，小刚向两个朋友详细讲了进洞后的经历，讲了那个神秘的黑球，讲了 100 个人奇诡的死亡方式，也讲了自己临“升天”前的退缩。英子是个怀疑派，认为小刚被骰子选中肯定是有人捣鬼，是想除掉他这个“间谍”。

小刚摇摇头，说：“我曾经这样想过，现在不这样想了。如果真是这样，恐怕他们不会轻易就放我一马。”

而小远的怀疑集中在另一个点上：“这些信徒们为什么甘愿赴死？即使是邪教，也得有个说得过去的提法吧？小刚，咱们去问问谢米纳契先生。”

小刚不想问，他知道谢米纳契先生会生气的，不过最终他还是把电话打了过去。果然，得知小刚去参加了升天仪式，谢米纳契先生非常恼火：“你这个孩子，为什么不听我的嘱咐？”他叹了口气，“也好，也好，也许这是好事。既然你能在升天前决然退出，也许以后你就有免疫力了。”

小刚一个劲儿赔笑：“是的，是的，以后我肯定有免疫力了，再不会受它的蛊惑了。所以，你可以把‘上帝之骰教’的真相全部告诉我了，没关系的。”

谢米纳契先生没有上当，冷冷地说：“这次你没有送命是大幸。听我的话，再不要和他们有任何接触，更不要打听它的教义。”

他挂了电话。小刚无奈地说：只好找阿凌问了，想来她不会隐瞒的。电话打过去，阿凌打趣地说：“是小刚？是不是请我吃饭？感谢你经历了生死之劫后还记得对我的承诺。不过，今天我还是没时间，明天‘摩纳哥号’就要出发了，我的父母都是它的乘员，我要和他们共度最后的一天。”她补充道，“他俩是飞船第一任值班船长和值班科学官，和你的父母一样。”

三个朋友十分吃惊。这种无预案飞行生死难料，而且即使“摩纳哥号”能顺利找到一个可移民的星球，阿凌和她的父母也不可能再见面了，此次生离即为死别。所以，移民者一般都是以家庭为单位的，她的父母为什么不带女儿一块儿去呢？不过，他们没有谈这件事，不想搅乱阿凌的心情。小刚只是说：“那我们就不打扰了，明天我们也去发射场送行。”

第二天，他们赶到发射场，100 架太空巴士已经准备完毕，整齐地排在那儿。电磁加速轨道像一把长剑，斜斜地伸到天外。阿凌及其父母在第一辆巴士附近。阿凌向父母介绍了三个新朋友，父母拥抱了三个人，同他们道别。从他们脸上看不出生离死别的悲戚，阿凌爸反倒安慰小刚，问他是否已经走出父母去世的阴影。又说，在飞船离开后，希望三个朋友多到阿凌那儿陪陪她。英子一直在为阿凌难过，忍不住问：“伯伯，阿姨，你们为什么抛下阿凌？你们至少应该带她一块儿走的。”

这句问话不是很得体，有点儿“专往痛处捅刀子”的味道。小刚和智远都有点儿尴尬，直拿眼色制止英子。阿凌妈则笑着说：“孩子，阿凌不愿同我们一道去。我们宁愿早走一步离开她，也不愿见到她先离开我们啊！”

她说的阿凌“先离开”无疑是指“上帝之骰教”信徒的升天仪式。这句话里多少透露了夫妇两个的悲戚。

出发时间到了，他们最后一次拥别后，阿凌父母走进一号太空巴士，穿上抗荷服。指挥台一声令下，太空巴士在电磁力的加速下，嗖嗖地发射了出去，消失在蓝天中。不久，空巴士返回，从屏幕上可以看到轨道中的巨型飞船开始加速，离开拉星，飞向无垠的宇宙。

一切都是1200年前第一批太空移民离开地球时的场景重现。

小刚父母自杀前在SWW网中同儿子（当然是虚拟的电子小刚）有过一次长谈，坦率地讲述了他们决定自杀的心路历程。他们说，人类对未知的探索，或者说是人类的冒险天性，从另一个角度看实际上是一种逃离，是对某种囚笼的逃离。猿人学会直立，从树上走下来，是对森林囚笼的逃离；学会用火和工具，是对蒙昧囚笼的逃离；学会说话，是对无声囚笼的逃离；发展了医学，是对疾病囚笼的逃离；从非洲向其他地方迁徙，直到走出地球，是对地理囚笼的逃离……整个人类文明史就是这样一次又一次的成功逃离。但科学家最终发现，有一个囚笼是绝对无法逃离的，那就是宇宙本身。宇宙必然灭亡，人类所有的文明之花都会在那时枯萎，即使在我们的宇宙之外或之后仍有新宇宙，也不可能把人类文明的种子播撒到那里。人类在成功逃离一个个囚笼、自信心空前膨胀之后，却发现自己仍处在一个最大的笼子里，一个和宇宙一样大的笼子，绝对不可逾越……

“孩子，请你原谅，你的父母都是懦夫。在100年枯燥的旅途中，这个念头一天比一天重地压在我们心头，让我们心灰意冷、沮丧悲怆。既然最终的宿命不可更改，我们的奋斗又有什么意义呢？

最后，我们只好以死亡来逃离这个心理的囚笼。

“军儿，爹妈对不起你！我们走了，留下你一个人去面对陌生的世界。希望你不要做爹妈这样的懦夫，而要成为一个勇士，勇敢地活下去！”

“很可惜，你的爸妈如果活到飞船抵达拉星就好了，在这儿，他们会知道，那个宇宙之笼并不是绝对不可逃离的。”阿凌兴致勃勃地说。这是在“摩纳哥号”起程之后，她和三个朋友坐在一家饭店里时说的话，“相信到那时候，你的爸妈一定会成为‘上帝之骰教’最虔诚的信徒。”

“你是说，宇宙之笼也可以逃离？”

“对。老宇宙当然会灭亡，这是毫无疑问的，再先进的科技也无法改变。但科学能在母宇宙中激发出一个婴儿宇宙，就像是在橡胶薄膜上吹起一个小泡泡。小泡泡逐渐长大，最终与母宇宙脱离，形成一个封闭的新宇宙。告诉你们吧，拉星人在100年前已经激发出一个婴儿宇宙，而且能让它与母宇宙之间保持一个始终相连的蛀洞。这种蛀洞的进口是黑洞，出口是白洞，小刚那天在地下溶洞中看到的那个空中悬浮的黑球，实际就是蛀洞的进口。”“你们……‘上帝之骰教’的升天……是在逃离这个宇宙，向另一宇宙迁徙？”三个朋友都十分震惊，七嘴八舌地问。

阿凌笑了:“别性急，你们得听我慢慢讲，这里边的事儿非常复杂哩！虽然拉星人已经能让两个宇宙通过蛀洞相连，但不幸的是，我们也同时确认了‘宇宙不可通’的定律。它是什么意思呢？

浅显地说是这样的：两个宇宙之间如果能有任何信息的传递，那两者之间仍然是一体的，有同样的命运，会在同样的时刻灭亡；真正独立的婴儿宇宙则完全关闭了与母宇宙的信息通道，不可能有任何的信息传递过去。你们知道，任何生命，任何文明，其实质就是信息。所以，这个'宇宙不可通'定律，其实也关死了人类逃离母宇宙的所有可能的通路。事实确实如此，凡想通过蛀洞到达新宇宙的有机体，都会在蛀洞中被彻底打碎，回到最原始的物质状态，再从白洞中喷出去。所以，组成你的物质虽然到了新宇宙，但和原来的你已经没有任何联系了。"

小刚非常失望，拉长声音说："噢，说了半天，还是不可能啊。"

"你又着急了不是？你再打岔，我就不给你讲了。"三个朋友连忙保证再不打岔，阿凌才继续说下去，"但这时，万能的量子力学来救驾了。量子力学说，宇宙中任何不可能的事都是可能的，只是概率的高低而已。所以一个有机体也可能通过蛀洞，带着完整的信息到达新宇宙，只是机会非常非常小。这个概率与通过蛀洞的信息总量有关，粗略地说与该有机体的质量有关。后经过计算得知，如果人进行蛀洞旅行，存活的概率是一万亿分之一。"她看见小刚张张嘴想说什么，忙说，"你一定说这违反了'宇宙不可通'的定律，不，并没有违反。虽然一个人连同他脑中的科学知识（这同样是信息）可以到达新宇宙，但这只是理论上的可能。实际上，他究竟能否活着抵达，抵达后会变成什么样子，能否在新宇宙繁衍生息等，在母宇宙中是永远不可知的。于是，量子力学与‘宇宙不可通’定律以这种奇怪的方式保持了统一。”

英子困惑地问:“哥哥，你听懂了没有？”

智远尴尬地摇头:“听懂了一点儿，但不全懂。”

“小刚，你呢？”

小刚听懂了，但听懂的同时也不禁害怕起来。他喃喃地说:“一万亿分之一的概率。每星期有 100 人升天，大致在两亿年之后能凑够一万亿人。那时才可能有一个人活着抵达新宇宙。”

“你算得没错。当然这只是概率数，实际上，可能今天已经有一个人活着抵达了，甚至可能第一个人就活着抵达了，但也可能 200 亿年后还没有一个成功者。”

小刚敏锐地说:“而且，这边永远不会知道！正如你说的，可能今天已经有了一个成功者，也可能 200 亿年内都没有成功者，但老宇宙这边永远不会知道的。所以，不管这种升天的成效如何，你们只能晕着头继续升天，让概率数的分母一天天增大，尽量提高成功的可能性。”

阿凌微笑着说:“这正是‘上帝之骰教’信徒们的信念。我们有勇气来实践自己的信仰。”

朴氏兄妹终于听懂了，也像小刚一样不寒而栗。一万亿分之一的概率！“上帝之骰教”的信徒们前赴后继地“升天”，只是为了这一万亿分之一的成功率，而且这是个永远无法验证的概率。这些赌徒们的胆量未免太大了。

阿凌知道三个朋友的心思，笑着说："这有什么嘛。这不过像地球人买彩票，中头彩的概率是几十万甚至几百万分之一，绝大多数人买一辈子也不会赢一次的，但这些失败者们仍然会前赴后继。"

"那是几百万分之一，你的概率可是万亿分之一啊。"

"想赌赢当然会更难。小刚，就拿你父母说吧，他们肯定乐意成为'上帝之骰教'的信徒。他们死都不怕，还怕打一个赌？"

三个朋友无话可说了。智远不好意思地问："我想问一个问题，可能是个傻问题。既然通过蛀洞的概率与质量的指数成反比，为什么不先拿低等生物做实验呢？像病毒啦、细菌啦、昆虫啦、青蛙啦，它们肯定容易通过蛀洞。"

"谁说我们没做？你说得对，低等生物成功通过蛀洞的概率比人大得多，所以，等哪天终于有一个人成功抵达那儿时，他可能会发现那儿已经有个热热闹闹的生物世界了。当然，人类绝不会只让低等生物占领新宇宙而让自己缺位。你可以回忆一下，人类在刚刚迈出宇宙航行的第一步时，就急于让人类登月。那和今天是一样的道理。"

第二天，谢米纳契先生找上门来了，是朴氏夫妇把他喊来的，他们从儿女那儿知道了三个人同阿凌的交往，非常担心。而且——不知道为什么，他们最担心的是小刚。他们认为，如果三个年轻人被"上帝之骰教"所蛊惑，肯定小刚首当其冲。

谢米纳契先生也是同样的看法，找到三人之后，他把矛头首先对准小刚。他生气地说：“你们把我的嘱咐全扔到脑后了。小刚，你辜负了我的心意。”

小刚尴尬地说：“对不起，谢米纳契先生。不过我们已经知道了，‘上帝之骰教’并不是邪教，相反，他们都是最虔诚的科学信徒，是最勇敢的探险家。”

几天前，谢米纳契先生曾说“上帝之骰教”是邪教，但这会儿他说：“他们不是邪教，也与邪教相差无几了。你们已经知道，成功通过蛀洞的概率只有一万亿分之一。这个概率是通过理论推算的，咱们可以相信。但即使一个人能够到达新宇宙，他在那儿活下去的概率又是多少？他可能在通过蛀洞时变成一个傻瓜或失去四肢五官；他可能落到恒星的核火焰中而灰飞烟灭；或掉到一个氯化氢的气态星球上，找不到可食用的食物和可呼吸的空气；更别说找到配偶来繁衍生息；等等。总的来说，他即使能成功到达，活下来的可能也只有一万亿分之一。两个万亿分之一相乘，结果又是多少呢。”他叹息着，“我不怀疑量子力学对那个概率的计算，我知道那是经过多少科学家验证过的，非常严格。但[illegible]一严格的科学最终却演化到这一步，不得不让成功的希望建立在掷骰子上，岂不是莫大的讽刺。科学发展到此时已经不是科学，而是走火入魔了。”

小刚辩解道：“阿凌说了，凡是参加升天的人，事前一定要经过严格的提升，也就是学会在一个新宇宙中生存的技能，比如，用繁衍，或者从无机物中制造食物。”

谢米纳契先生哼了一声：“那只是画饼充饥罢了。对于一个根本不了解也永远不能了解的世界，你所做的训练有什么用？说好听一些，那只是一种心理安慰。”他摇摇头，加重语气说，“小刚，虽然可能为时已晚，我还要再劝你们一句：赶紧中断与阿凌的来往，否则你们很难逃过‘上帝之骰教’的蛊惑。”

小刚说：“谢米纳契先生，我想劝阿凌退出那个组织，我不忍心看着她送命。”

“你能办到吗？你对她的影响能超过她的父母吗？如果她的父母能够劝转她，她也就不会报名参加这次无预案宇宙航行了。无预案宇航也是冒险，但毕竟是可以预测的冒险。”

小刚犹豫着没有回答，英子着急地说：“小刚，咱们应该听谢米纳契先生的话。先生，伯伯，我们一定听你的话，不再与阿凌来往了。”

谢米纳契先生长叹一声：“但愿如此吧！”其实他已经不抱什么希望了，像小刚这样的人，一旦陷进去，很难再脱身而出。因为——公平地说，“上帝之骰教”中洋溢的那种激情，非常纯洁的殉道者的激情，对热血青年们是很有诱惑力的。

三个朋友倒是认真听取了谢米纳契先生的劝告，直到周日，小刚都没有去找过阿凌，更没有参加他们的升天仪式，虽然这么做很难，因为——想想吧，当你躲在一边玩耍、聊天和吃喝时，那枚“上帝之骰”可能已经落到阿凌的头上了！

……

鼓声和钹声再一次响起，阿凌所在的那个格子里的灯光忽然亮了起来。她从耀眼的光柱中走出来，笑着向大家招手，走向高台，回过身大声说：“永别了，愿幸运与我同在！”

然后，她脱去衣服，就要越过那道无形的屏障。她忽然停住，向四周寻找，喃喃地说：“小刚呢，智远和英子呢，我想在死前再见见我的朋友。这是我唯一的心愿了。”

小刚这时在岩洞之外远远地看着她。小刚知道她其实不想死，她很留恋这个世界。他想回应她的呼唤，想跑过去把阿凌拉回来，但不知道为什么，他被魇住了，一动也不能动，只能眼睁睁看着阿凌，看着她失望地回过身，越过了那道屏障，立即被黑洞的引力撕碎……

小刚猛然从梦中惊醒，冷汗涔涔。

他想，自己再也不能躲避了，明天一定要去找阿凌。至于找到阿凌做什么，他心中还没数。第二天，他硬拉着智远兄妹去找阿凌，智远和英子则在努力劝阻他。正在这时，阿凌的电话先来了，她说她不上班了，不再管那个“最高通感乐透透”的摊点了，想和三个朋友痛痛快快地玩一个星期。英子还在犹豫，但小刚立即答应了。

四个朋友在游乐场碰面。一见面，阿凌就喜气洋洋地说：“告诉你们一个好消息，昨天的升天仪式上，我已经被选为这一周的庄家了！”

小刚的脸“唰”地白了，英子和智远则愣了片刻才悟出阿凌的话意——她已经被选为“上帝之骰教”的庄家了，下个周日她就要主持本周的升天仪式，然后第一个投身到那个吃人不眨眼的黑洞中。怪不得她要“痛痛快快地玩一星期”，这也是她待在这个世界的全部时间了。三个朋友都一言不发，锥骨剜心般难过。英子忍不住了，大颗的泪珠子滚出来。

阿凌大喊道：“干吗呀？干吗呀？你们该为我庆祝的，怎么哭起来了？”

英子抽噎着说：“阿凌姐……你真的……不害怕？你……不留恋……这个世界？”

阿凌想了想，老实说：“我当然留恋，要不我干吗约你们痛痛快快玩一星期呢？不过，从加入‘上帝之骰教’那天起，我就做好了准备，那是我应负的责任。”她笑着说，“也许我去的那个世界比这儿更好玩呢！”

智远忍不住说：“我们昨天见了谢米纳契先生，他说……”

阿凌打断了他的话：“我知道，我知道，他说的一切我都知道。但我，和所有的信徒们都相信一点：你如果不去做，连那万亿分之一的机会也不会有；如果去做，毕竟还有非常小的成功机会。在我们看来，‘非常小’和‘零’是有天壤之别的。”

她笑着告诉三个朋友：她已经怀孕了，当然是人工受孕，医生在她体内植入了两个没有亲缘关系的受精卵。如果她能平安抵达新宇宙中，把这两个儿女生下来，他们将成为新宇宙中人类的始祖。

英子很不理解，问："那以后呢？这对兄妹长大以后可以结婚，因为他们是没有亲缘关系的。但他们的后代去和谁结婚？"

阿凌放声大笑，说："英子，你考虑得真长远啊，不过这件事根本不必担心的，地球上已经有先例——想想亚当和夏娃的后代和谁结婚就行了。"

英子和智远无话可说，都看向小刚。这会儿，小刚一直没有说话，独自在愣神。突然，他开口了："阿凌，我已经考虑好了，我要和你一块儿升天，一块儿去新宇宙——你别打断我的话，我知道你们的升天是由掷骰子决定的，但无论是在地球或是拉星上，都允许夫妻，或家庭，作为一个单位去参加抽签，你的父母就是这样嘛。我们可以在这一星期内结婚，然后共同出发。如果能够到达新宇宙，俩人的力量毕竟比一个人大，彼此也是个照应。"

智远兄妹没料到小刚能做出这个决定，一时愣了。阿凌也愣了片刻，再次放声大笑，走过来，热情地吻了小刚："谢谢你的情意，太让我感动啦。这说明，古典的骑士精神是长留天地间的。"她收起笑容，认真地说，"小刚，真的感谢你，但你说的事情是行不通的。首先，'上帝之骰教'并没有这样的规定，即使有也不行。如果咱俩作为一体去升天，成功的概率会大大降低——你知道的，成功概率与通过蛀洞的信息总量的指数成反比；还有，你还没有经过提升，没有能力去面对那个全新的世界。"

小刚平静地说："你说的这些道理我全都知道，不过——你刚才说过的：如果不去做，连那万亿分之一的机会也不会有；如果去做，毕竟还有非常小的成功机会。在我看来，‘非常小’和‘零’是有天壤之别的。”

阿凌搔搔脑袋：“原来你在这儿等着我哩！”不过她仍坚决地拒绝了，“不行，我决不会同意你的想法。”

“我不光是为你，也是为了我的父母，是替他们行这件事的——‘逃离母宇宙之笼’。他们如果知道有这个‘万亿分之一的机会’，也一定会来赌一赌的。”

“很高兴你能这样想。那么，作为本届的庄家，我欢迎你参加‘上帝之骰教’。但你必须经过正式的提升——大概需要一年的时间，然后参加升天仪式中的正式遴选，靠那枚‘上帝之骰’决定你的命运。”

“一掷赌生死？”

“对。”

小刚想了想：“好吧。喂，阿远、英子，咱们不说这个话题了，好好陪阿凌玩吧！”

一星期的时间很快就过去了，这些天他们玩得很痛快，谁也没有提及与“升天”有关的话题。周日，阿凌要走了，三个朋友陪着她一块儿到了那个溶洞。智远兄妹是第一次来，对这个奇大无比的溶洞，对那个在空中悬浮的鬼魅似的黑球，还有 20 多万个快快活活的人们（要知道，他们都是来这儿一赌生死的），都充满了好奇。

升天仪式开始了，阿凌同朋友们告别后，走上高台，照老规矩，开始主持升天仪式。她领着大家念诵了那段祷辞：“我向万能的上帝祈祷，望上帝之骰能完成你老人家无力完成的事情。”然后大声问：“孩子们，你们都做好升天的准备了吗？没有做好准备的请退出圈外！”

智远兄妹乖乖地退出。虽然差点被阿凌这个小姑娘称呼信徒为“孩子们”这件事逗笑，但在肃穆的气氛中，他们笑不出来。英子焦急地问：“小刚呢，他怎么没退出圈子？”他们在人群中找到了小刚，他已经把那枚徽章戴到衣服上，像大伙儿一样，静静地站在一个方格里，等着那幸运降到他头上，这样，他就可以同阿凌一块儿出发了。在台上主持仪式的阿凌发现圈外只有两个人，稍稍犹豫，在惯常的主持词中加了一句：“孩子们，你们都经过提升训练了吗？没有经过提升的请退出圈外！”

她扫视着下面的人群。虽然她没有看见小刚（在20多万人里是无法找到他的），但站在下边的小刚感受到她锋利的目光，只好乖乖地退出来了。阿凌高兴地笑了，开始向金属盘中掷骰子。

随着骰子的一次次掷出，99个幸运者陆续来到高台上，最后一掷选中了下周的庄家，阿凌同新庄家做了交接，向大家挥手：“永别了，愿幸运与我同在！”

她开始脱衣服，忽然发现一个人匆匆走上高台，是小刚，胸前戴着那枚“上帝之骰”的徽章。小刚走过来同她拥抱，大声说：“等着我，一年之后！”

阿凌笑了：“我会等着你，一年之后！”

当然，他们不可能再见面了。一个人成功抵达新宇宙的概率只有万亿分之一，两人同时抵达的概率又会有多少呢？再说还有一年的迟滞，它也许意味着，在新宇宙里 100 亿光年的空间距离或 100 亿年的时间距离。更何况，一年只是小刚进行提升所需的时间，提升后他可以参加遴选了，但那枚“上帝之骰”不知道何时才能垂青他呢！总之一句话，两人重逢的机会虽然不是绝对的零，也是非常小、非常小的。不过，两人都说得很随意、很笃定，就像一对去海滨度假但没有同时出发的夫妻，约定若干天后在某家饭店见面。

小刚长久地抱着她，舍不得放手。鼓声钹声响了起来，台下人群中也泛起一波波声浪，大家都在为这对恋人祝福。后来，阿凌吻吻小刚，从他怀里挣出，脱去衣服，迈过那道无形的屏障，然后飞快地投身到那个黑洞中去了。